Mes petites perles de rosée quotidiennes

Conversations autour d'un balcon

Les impliqués Éditeur

Structure éditoriale récente fondée par L'Harmattan, Les Impliqués Éditeur a pour ambition de proposer au public des ouvrages de tous horizons, essentiellement dans les domaines des sciences humaines et de la création littéraire.

Déjà parus

Houël (Florence), *J'ai vu passer un drôle de nom… Essai sur la question de l'identité*, 2022.

Mbaidjol (Ngonlardje Kabra), *Ecouter les échos des pauvres en Afrique subsaharienne*, 2022.

Baroud Sabbagh (Greta), *« L'endiplast »*, 2022.

Maslowski (Jacqueline), *Petites histoires de la vie ordinaire*, 2022.

Duez (Max Henri), *Lettres de Guyane. Réflexions sur la vie*, 2022.

Amadj (Mourad), *Otages du Moyen Âge. Algérie, 1900*, 2022.

Ellyana, *Ellyana. Petite fille de Martinique*, 2022.

Lopez (José), *Journal d'un soignant en renfort en Martinique*, 2022.

Botlan (Anne), *Sur les chemins de la ville*, 2022.

Hérault (Pascal), *Persévérance de l'impossible*, 2022.

Les impliqués Éditeur

Ces dix derniers titres de ce secteur sont classés par ordre chronologique en commençant par le plus récent.
La liste complète des parutions, avec une courte présentation du contenu des ouvrages, peut être consultée sur le site :
www.lesimpliques.fr

Christine Ballu

Mes petites perles de rosée quotidiennes

Conversations autour d'un balcon

Lettres de confinement

Les impliqués
Éditeur

5-7, rue de l'École-Polytechnique, 75005 Paris

hwww.lesimpliques.fr

ISBN : 978-2-38417-575-8
EAN : 9782384175758

Dédicace

A

Mathilde
Victor
Albert
Noumen
Umai
Alice
Siham
Octave

Mes petits-enfants

Afin qu'ils tracent leur chemin de Vie avec confiance, dans la Joie et l'Amour,

Afin qu'ils sachent vivre intensément le présent,

Et voir en chaque jour, les petites perles de rosée qui jalonnent leurs pas, et qu'ils s'en nourrissent…

Et surtout qu'ils n'oublient jamais que la nature est notre maison, notre source, notre essence-ciel.

Mamounie

SOMMAIRE

AVANT-PROPOS

Tous confinés, enfermés, reclus, protégés… Après l'état de sidération, de soulagement aussi, isolée, en rémission, en convalescence au cours de laquelle désormais je me sentirai moins seule, j'ai décidé de sauver ma vie sociale, ma vie familiale et affective, et enfin tout simplement mon mental. Je décide de m'exprimer en faisant ce que je crois faire le mieux : écrire !

Ecrire vers des ailleurs : Contempler le ciel et imaginer des chemins de vent vers ceux qui sont loin, afin que nos pensées se rejoignent.

Ecrire pour partager tous ces petits riens qui désormais allaient rythmer ma vie, établir une liste de mes affections, de ces liens à renouer, à conserver, envoyer sur le Net.

Ecrire…

… Des conversations autour d'un balcon !

Première partie

Journal d'une confinée urbaine, à Lyon, seule dans 30 m2

…Lettres quotidiennes…

J 5

Le chantier d'en face s'est arrêté : un silence s'installe dans ce « trou » béant laissé par les engins de chantier. Je vois des immeubles là-bas, jusqu'alors cachés par les bâtis démolis depuis, et j'aperçois et j'entends des gens à leur balcon, en face : nouvelles vues, nouveaux regards.
Et le splendide platane du coin de ma rue, dégagé par le chantier, semble s'épanouir plus que jamais aux regards. Ses premières feuilles apparaissent, comme un léger brouillard d'un vert tendre autour des branches.
Et les oiseaux emplissent le paysage sonore épuré des mauvais bruits. Tous les sons deviennent curieux, intéressants.
Je me penche à mon balcon, à mes fenêtres : j'en ai 3 grandes pour un petit appartement, quelle veine ! Et je jouis de spectacles infimes sur un carrefour de 3 rues, quelle chance j'ai de ne pas donner sur cour !

La vie intime, secrète, réelle, reprend le dessus sur le vacarme, la vitesse, le temps perdu, le temps à trouver…

Et je m'extasie devant une minuscule araignée tissant un début de toile : entre un brin de ciboulette et une feuille de pensée, que fera-t-elle d'ici une heure ?… A suivre… Plusieurs insectes butineurs dansent sur mes muscaris.
Vous avez dit « confinement » ? Pour moi, en résilience après plusieurs mois de galère, je suis en résistance désormais face à ce risque, où nous sommes tous dans le même bateau, où le terme « ensemble » se conjugue bizarrement avec le « rester chez soi ».

La résistance mentale et le respect du confinement me permettent de conjurer ma peur… Et humer la nature devant mon micro jardin de mon mini balcon, sauve mon moral !

A bientôt.
Christine

A « Prendre patience » je préfère
« Vivre ce jour aujourd'hui, demain est un autre jour ».

J6

L'atmosphère urbaine, dans ce quartier de la Guillotière plutôt animé d'ordinaire, est un brin surréaliste. Le paysage sonore hésite entre un dimanche presque ordinaire, où quelques très rares passants vont au marché de la place saint Louis à deux pas (s'entasser là-bas ? moi cela me fait peur)… Et le centre d'un village.
Le bricolage de l'un fait écho au bavardage d'un autre de balcon à fenêtre… où une promeneuse de chien est hélée par un voisin à l'étage, son chien se tordant le cou pour capter d'où vient l'appel… !
Ce matin, le temps n'était pas à la douceur et je n'ai pas pris mon café sur le balcon, dommage, mais cela m'a obligée à réaliser ce fameux « programme » que je me suis promis de faire, comme conseillé à la radio, pour ne pas devenir molle, grosse, moche et (encore plus) vieille ! Il faut « temporiser » disent-ils.

Et ce ne sont pas les conseils, souvent riches et encourageants, qui manquent sur France Inter (ceci, sans sponsor !) et moi, j'en profite ! Je dois dire que 30 m2 pour vivre le mieux possible, peut vite devenir un défi : s'il n'y avait le téléphone pour les conversations avec la famille et les amis, Internet pour les messages et les morceaux choisis rigolos, et la télévision ! Bien sûr à condition de ne pas s'intoxiquer de malheurs annoncés.
Ainsi, je décide de faire de la gym 2 fois 15 minutes dans ma journée : 300 pas de marche quasi nordique sur place, dans mon bout de couloir de deux mètres ! Riez bien sûr mais je vous jure, j'en suis sortie essoufflée et… contente de moi.
Et à cet instant, je m'arrête net d'écrire car avec le soleil revenu, je viens d'ouvrir la baie de mon balcon et j'entends chanter le merle de « mon » platane, quelle merveille… Fermez-les yeux et écoutez, savourez, je vous l'envoie en ondes positives…
Dans ma jardinière-pépinière, les graines plantées il y a quatre jours donnent déjà des pousses de fleurs… Il y a comme des effluves de vie qui montent de la rue, des bruits subtils, des échos d'ici, de là-bas, un rire d'enfant, un appel de parent, la place du village je vous dis…
Il n'y manque que la terrasse de café, il n'est pas loin, mais fermé !
J'entends une vive conversation ? C'est un père qui, agrippé à une poussette (pleine !) est manifestement en pleine conversation sur son smartphone : au moins sont-ils à plus d'un mètre l'un de l'autre, les deux comparses !
Et puis, je suis les conseils de santé : même sans soleil, prendre au minimum une heure de lumière par jour, c'est indispensable pour le physique et le moral.
Veinards campagnards, profitez bien pour moi et envoyez-moi en pensée la douceur de votre campagne au printemps.

Ah ça, c'est dur, j'avoue, d'imaginer mon « Clos des cerises » exploser de fleurs et de couleurs. Cette propriété paradisiaque, que j'ai voulue bioclimatique et écologique, destinée à une retraite paisible et que j'ai dû abandonner pour venir me soigner dans la grande ville…
Je finirai cette missive par la découverte que je fais de la différence entre la peur et la panique. Je découvre sans doute une évidence mais, là, je la ressens très fort. Oui, j'ai peur et il paraît que c'est normal. Peur de l'attraper ce « corano » car je suis senior plus, en rémission, en outre en soins abdominaux, le tout égale : personne à risque !
Bon, j'ai peur aussi pour tous ceux que j'aime, dont une de mes filles qui est infirmière à domicile. J'ai peur de l'avenir. Mais, à chaque fois que de moches pensées m'assaillent, je respire à fond, je regarde dehors... je pense à tous ces petits bonheurs du quotidien aujourd'hui, et à tout ce que je ferais, un jour, avec tous ceux que j'aime.

Sans programme mais avec des projets, en tout cas des envies que j'aime écrire, EN – VIE !

Allez, là je vous quitte et vais faire mon autre quart d'heure de bougeotte et « marche sur place ».

A bientôt
Christine

« Vivre aujourd'hui, demain est un autre jour ».

J7

Il ne faut pas « temporiser » mais temporaliser ! disaient-ils ! Je me dois de rectifier cette erreur dans la page du journal d'hier, bonne occasion de me coucher moins bête et d'avoir appris quelque chose. En fait je pourrais bien remplacer par « rythmer » mais cela aurait fait moins savant.

Effectivement, je « temporalise » mes journées : me lever et me préparer comme si je n'allais pas trainer dans mes 30 m2 sans rencontrer personne ; prévoir mes 2 quarts d'heures d'activité physique le matin et l'après-midi ; regarder mon courrier sur mon ordinateur ; honorer mes rencontres téléphoniques avec les amis.

Ainsi de ce nouveau concept de partage, le « kfé téléphone » avec Thérèse, calé à 10h30 (oui mon amie, je considère bien cela comme essentiel !) et puis lire, écrire, me reposer un peu, méditer, préparer mes repas…

Enfin, il y a les nouvelles à la radio mais je me concentre plutôt sur les trucs, astuces et conseils pour bien vivre le confinement, que sur les chiffres apocalyptiques qui me feraient, si je n'y prenais garde, glisser de la peur à une espèce de panique en vase clos, comme un poisson fou qui tourne en rond dans son bocal.

Il n'y a pas de temps mort dans mes journées car, même rêver à mon balcon en écoutant le chant du merle dans mon platane, me semble une saine occupation et un moment nourrissant.

Et je ne vous raconte pas ! (allez, si, je vous raconte) le regard sur le fameux pot où je guette la pousse de graines semées il y a… 6 jours maintenant. Le cocasse de l'histoire, c'est que je ne suis plus bien sûre de savoir ce

que j'y ai planté, je vous le dirai lorsque les feuilles se seront un peu plus élevées vers… le ciel !
Une grande découverte ces jours-ci : je vis comme tout le monde, confinée, mais mes sentiments sont très bizarres… Cela me rappelle tant les périodes d'isolement et de solitude, au sortir de mes hospitalisations et de mes traitements passés. J'ai alors appris d'abord malgré moi, puis en l'acceptant (c'est cela la résilience non ?) à relativiser, à trouver mes priorités dans la vie, à trier au propre comme au figuré toutes ces choses qui encombrent la tête, le cœur et l'espace physique, à m'alléger du superflu qui pèse et vous aliène, à fuir les situations stressantes (le stress fait un boulevard au cancer, ne jamais l'oublier !) à m'entourer de gens positifs, à me sortir de mon immobilité physique pour évoluer dans une mobilité intellectuelle, affective et sociale.
Alors, je connais bien ces sensations, en même temps que la peur que la vie ne s'arrête d'un coup net…
Et aujourd'hui, je venais de sortir d'une période difficile ces derniers mois, ayant fait miennes une acceptation de ma fragilité et la perspective d'une nouvelle opération, tout en ayant le sentiment de retrouver une vie presque normale. Et puis PAF !

Le confinement… Ce confinement, seule ici, mais ensemble avec tout le monde.

Un sentiment étrange et pas si désagréable d'être cette fois, contrairement à avant, « accompagnée » dans ma solitude. Mais je rage tout de même de ne pouvoir m'épanouir dans mes activités très fraîchement retrouvées, comme un envol dévié. Un envol dévié de sa route, mais pas brisé !!

Et puis, j'ai tant apprivoisé la solitude que je sais l'apprécier et m'en nourrir, à condition qu'elle ne prenne pas tout l'espace mental et ne grignote mon moral.
Pendant que j'écris, soudain, dans le crépuscule naissant, voici mon merle qui vient me taquiner les oreilles, et me ramener à la vie, à l'espoir, au printemps, qui fait fi de mes humeurs mais sera toujours pour moi une nourriture essentielle, essence, sens…et ciel !
J'ai tant appris de mon aventure pour le moins tumultueuse depuis deux ans que j'ai vraiment envie de vous dire, attention, le stress ou l'ennui sapent nos défenses immunitaires, je ne sais ce que sera demain mais je fais tout pour que « corano tu n'auras pas ma peau ! »

« Si nous ne sommes pas responsables de ce qui nous arrive, nous sommes responsables de la manière dont nous allons l'aborder ».

A bientôt,
Christine,

« Vivre aujourd'hui, demain est un autre jour ».

J 8

Encore une faute dans mon texte d'hier… L'avez-vous vue ? A la fin, dans « Corano, tu n'auras pas ma peau » … Il s'appelle corona cet abruti de virus ! Mais là, c'était exprès, c'était pour la rime…

Ce matin, un petit coup de mou, en réalisant que je passerai sans doute le week-end de Pâques, seule, confinée. C'est là que, même si j'ai l'avantage de ne me disputer avec personne, j'apprécierais de la présence, surtout de mes petits-enfants, afin de perpétuer gaiement la tradition des œufs cachés dans les recoins du jardin. Alors, j'imagine un truc de dingue : cacher des œufs en chocolat (si je parviens à aller en acheter) dans mon minuscule appart et dans les plantes de mes jardinières, et faire un Skype avec Mathilde, et Victor, Albert, Octave, Alice, Noumen, Umai, et Siham qui me diraient où aller chercher pour eux !

Au passage, je viens de me faire ce plaisir de vous citer mes 8 petits-enfants, qui me manquent beaucoup, et je les fais vivre ici : coucou mes chéris !

Si j'ai toujours aussi peur, comme vous je suppose, et répétons-nous que c'est bien normal, je ne m'ennuie en revanche jamais. Pour faire vivre en vrai les blagues qui circulent sur le net, je ne résiste pas à vous raconter l'étonnement du chien de mon amie, qui n'en revient pas d'être brossé tous les jours (le chien, pas l'amie !) lui qui jouissait avant le confinement, d'une liberté pas toujours assumée d'ailleurs, due au fait que ses maîtres avaient bien d'autres occupations ! Il profite, le bougre, et de plus je vous le dis, c'est très déstressant de caresser son animal de compagnie par ces temps de désarroi social, ou même affectif. Bon sang, Mala, qu'est-ce que tu me manques !
Sans doute beaucoup d'entre vous n'avez pas connu Mala… C'était (c'est toujours) un chien extraordinaire, un adorable batard recueilli à la SPA, au poil de couleur fauve, chaude. Avant que nos regards ne se croisent dans ce box bruyant et surpeuplé, il avait déjà été abandonné deux fois ! Le coup de cœur fut immédiat.

Mala était le seul à ne pas hurler et s'est, au son de ma voix, lentement approché de moi… Je l'ai adopté et ai noué une relation, une forme de communication, une réelle affection avec lui… Il m'a accompagnée par sa présence et son regard complice, les derniers jours avant mon départ en ambulance. Je lui ai longuement parlé, oui parlé, pour lui dire « au revoir » (je ne savais pas alors que c'était un adieu) lorsque j'ai dû le confier à sa pension favorite …
Et depuis mon lit d'hôpital, face à un avenir proche bien gris et devant mon retour de plus en plus hypothétique, j'ai dû le donner à l'adoption. J'ai beaucoup pleuré. Mais je sais que Mala est heureux dans sa nouvelle famille…
Vous dire aussi que ce rendez-vous quotidien avec mon clavier me soutient et me permet de bien « temporaliser » ma journée, en me créant cette obligation créative, récréative, et franchement délectable de rester en lien avec vous.
D'ailleurs, en enregistrant mes écrits (pour l'Histoire, on ne sait jamais) je pensais les classer dans un fichier banal, puis j'ai eu l'idée bizarre autant que joyeuse (en ce sens qu'elle me donne de la joie) de les mettre dans mon dossier « projets 2020 ». Cela lui confère, pour moi, une dynamique et un avenir pour imaginer toutes ces rencontres que je ferai de visu.

Ah ! Ce terme « de visu » quel bonheur pour demain, autant qu'il est folie aujourd'hui.

Ces rencontres avec vous tous, ici, là-bas, ailleurs. Car, je le sais, je le sens, rien ne sera plus comme avant. Quand bien même, je savais déjà depuis mon aventure du cancer (et si je l'appelais désormais K ? c'est plus court, et ça lui fait un diminutif d'un interlocuteur très spécial) je savais donc apprécier les petits bonheurs et revenir à l'essentiel, ce sera encore plus évident, profond, nourrissant.

Et je me sentirai rejointe dans cette façon de sentir le monde, de percevoir l'essentiel, de se délecter des plaisirs minuscules, d'apprécier la nature, de s'extasier devant le vivant...
C'est dans ces moments de confinement que l'on s'aperçoit que rien ne vaut les rencontres, rien ne remplace le lien avec les autres, avec ceux qu'on aime (un peu, beaucoup ou passionnément) pour se sentir vibrant... Vivant !
Pour finir la 4ième feuille de mon journal (je les nomme J avec le numéro du jour du confinement) donc ce J 8, je vous décris les « claps » de 20h aux balcons et fenêtres dans ma rue de Lyon.
Pour les ruraux, oui je vous le confirme, c'est comme à la télé ! Chaque soir à 20h, il y en a un ou une qu'on ne voit pas, qui démarre. A cet instant des dizaines de fenêtres s'ouvrent, des balcons s'agitent, des applaudissements, des bravo, des hourrah... s'amplifient et emplissent l'espace, les rues désertes, comme une lumière de gratitude qui éclaire le ciel noir de nos confinements, qui vous prend aux tripes et fait circuler comme un doux nuage qui apaise un instant nos solitudes et nous fait sentir solidaires.

A bientôt,
Christine,

« La réalité a beau couper les ailes à notre espérance, elles repoussent toujours »

J 9

Alors, mon idée d'œufs de Pâques à découvrir à distance par Skype, guidée par mes petits-enfants, mûrit ! Tout d'abord, l'un d'entre vous m'ayant attribué le titre de « mamie connectée » en parlant de super idée, cela m'oblige à aller au bout de ce qui m'apparaissait tout d'abord franchement saugrenu.
J'avoue, par cette envie, m'être lancée à moi-même comme une provocation à l'égard de ce confinement, un défi à l'isolement, comme on brave le danger pour booster son courage, par une action hasardeuse, un peu aveuglément.
Toutefois, je réalise que les trouvailles de friandises seront à mon seul profit… Pas bien juste ça : En effet, ils trouvent, et c'est moi qui me délecte ! De plus sans partage ce serait nettement moins savoureux. Je vais devoir imaginer des règles du jeu, pourquoi pas des bons à gagner « Pour dégustations post confinement » ? Mais là, j'avoue que je ne peux pas faire autrement que de faire gagner tout mon petit monde, mes 8 chéris, des 16 mois d'Octave aux 16 ans de Mathilde…
Je ne vis guère mieux qu'hier, dans mon espace restreint, vu surtout la difficulté à me dégourdir les jambes. Pas mieux qu'hier en effet, mais vu le rallongement probable du confinement, demain ne sera pas meilleur. Il m'est même très compliqué d'imaginer ces semaines autrement que comme une vague ligne d'horizon qui se dérobe à mon regard et prends des notes d'infini et une couleur grise malgré le printemps qui pointe.
Là me viennent des pensées contradictoires, mais que je vais devoir m'employer à rendre positives.

Tout d'abord une pensée d'envie envers tous mes proches, confinés mais dans une maison avec un jardin et la présence d'autrui. Mais aussi une grande pensée reconnaissante car ils me font profiter de la beauté que leur jardin n'avait jamais atteinte, par tout ce temps dégagé et qui lui est désormais magiquement consacré !
Après réflexion, je me rassure : l'envie n'est pas comparable à une méchante jalousie qui voudrait leur prendre ce que je désire ! Je voudrais juste avoir la même chose… maintenant.
Je fais la collecte des photos de tous ces magnifiques arbres en fleurs, bouquets et massifs, et je vais en faire un diaporama destiné à mes futures balades champêtres virtuelles. Autre provocation vis-à-vis de moi-même : vais-je savoir faire un diaporama ?
Oui je sais, je ne suis pas douée sur ce point, vous avez le droit de sourire voire de rire. Je ne vous vois pas, et même si j'imagine vos moqueries, elles me seront douces comme des élans d'amitiés complices.
Sur ce sujet me sont venues de grandes réflexions sur l'espace et le confinement. Oui, un grand espace me permettrait de mieux bouger, plus intelligemment en tout cas, que mes marches sur place !

Mais le confinement, s'il empêche les rencontres de visu, tactiles en quelque sorte, n'est pas l'absence de lien !

Alors, je ne suis pas fâchée de subir un petit espace mais de bénéficier de beaucoup de rencontres sous toutes les formes : téléphone, mails, Internet. Il m'arrive même certains soirs de ne pas avoir fait mon programme « temporalisé », tant les conversations téléphoniques m'occupent.
Mais c'est cela l'essentiel, c'est grâce à cela que ma tête va bien et que mon cœur se nourrit et palpite avec

bonheur. L'espace physique de mon appartement s'élargit vers un espace mental, imaginaire, virtuel… mais rempli de timbres de voix, de sensations, de rires même.
Pour finir la journée, je viens d'interrompre mon écriture car j'entendais les 1ers applaudissements aux soignants, aux balcons et fenêtres : il n'y a pas à dire, à chaque fois je suis profondément émue voire troublée par ce signe de reconnaissance, et par ce fameux paradoxe.

Se sentir confinée « seule », mais se sentir « ensemble » avec les autres.

Emotions aussi de voir un petit mot dans le hall, d'un jeune couple proposant ses services à ceux qui seraient empêchés… d'être inscrite par une amie de la résidence sur un groupe wathsapp de soutien et d'échanges de services…
Enfin touchée d'avoir été appelée spontanément par mon médecin traitant qui me demande de mes nouvelles et me rappelle qu'elle est à ma disposition au téléphone si j'ai le moindre souci, la moindre question…

A bientôt,
Christine,

« Vivre aujourd'hui, demain est un autre jour ».

Jeudi 26 mars J 10

Dixième jour d'un confinement entre subi et choisi. Les épreuves vécues récemment m'ont appris à ne pas gaspiller mon énergie à me sentir victime. Avoir le sentiment de subir sape les forces mentales, quand bien même la situation est telle que nous n'aurions pu l'imaginer auparavant, même dans nos pires cauchemars.
Refaire le point de ce que nous nous sentons capables de supporter, dégager la force utile à faire le tri dans les conséquences de la catastrophe qui nous tombe dessus, et faire un vrai choix dans ce qui nous arrive, ce que nous pouvons dégager de positif, c'est vraiment cela le truc pour ne pas glisser...
Au fait, l'enfermement me ferait perdre… (Pas la boule, non !) Mais les dates et les jours qui se suivent.
Désormais, je vous les nomme avec la date et je rappelle à ceux qui n'auraient pas tout suivi, que J 5, 1er numéro de mon « journal d'une confinée » correspond bien au 5ième jour du confinement, l'idée ne m'étant pas apparue nécessaire et utile, auparavant !
Alors, mon idée d'hier d'œufs de Pâques à découvrir à distance par Skype, a déclenché l'imagination d'une amie ardéchoise, elle se reconnaîtra, c'est génial : peindre des œufs durs (tu as raison comme cela pas d'indigestion de chocolats) avec le nom de chacun de mes petits-enfants dessus (oui mais là, une idée encore meilleure, les mettre crus comme cela je diversifierai mes plats ensuite, avec !)
A chacune et chacun de trouver le sien, et le gain sera une surprise imaginée par Mamounie envoyée par mail, ou une histoire lue par moi, enregistrée et envoyée à l'enfant. Je reconnais bien là les goûts et les atouts de « Lire et faire lire » ! Bravo et merci MD.

La collecte de photos de vos jardins, balcons et fenêtres s'est enrichie d'un coup, il va falloir que je m'y mette. D'autant que ce matin, des photos de jardins enneigés me sont venus d'Ardèche. Tellement étonnant ces cerisiers encapuchonnés de neige légère ! Pourvu que cela ne compromette pas la pollinisation et les fruits à venir ! D'ailleurs, un ami apiculteur me dit que ses abeilles se confinent elles aussi.
Le temps semble se rétrécir en ce confinement, comme si toutes ces temporalisations (si ce mot n'existe pas, je l'invente) emplissaient les journées que l'on ne voit de fait pas passer. L'ennui, je ne l'ai pas encore rencontré, et toutes ces petites joies, ces notes d'humour partagé, ces blagues franchement drôles venues d'imaginations que le confinement fait naître, c'est impressionnant, nourrissant et bien agréable.
Et ces encouragements et les idées de B pour chasser des peurs insidieuses… Merci ! Les petits instants de joie partagée et de complicité, chassent la peur… Et je reprends la batterie, encouragée à distance par mon prof et par ma sœur qui va se remettre au piano : nous allons préparer des morceaux que nous jouerons ensemble après le confinement !
Alors, je ne sais pas vous mais moi, je réalise qu'il est capital de ne pas trop changer ses habitudes, même si l'élan du lever se heurte vite à l'impossibilité de sortir. Par exemple, j'étais toute contente d'être prête et habillée pour le « rdv kfé » téléphonique de ce matin, avec mon amie T. et même ultime coquetterie apparemment dérisoire mais essentielle pour moi, j'ai mis mon parfum habituel !
Et je réalise que je vis et ressens les conversations au téléphone, plus libres et plus riches que sur Skype. Pourquoi ? Je découvre que la vue peut distraire l'audition. Je ressens, qu'un seul sens en éveil décuple nos facultés d'écoute et de concentration.

Tiens, un pigeon vient de se percher sur le lampadaire devant ma fenêtre, et regarde tout autour à se tordre le cou, comme s'il n'en revenait pas de ce calme saisissant de la rue. Aucun bruit pour le surprendre et déclencher sa fuite et son envol. Mais soudain, un copain, ou une copine pigeon le rejoint et ils restent là un bon moment, à danser en rond sur leur promontoire.
Enfin, je vais vous parler du jeune couple qui avait mis un mot. Je l'ai contacté car, en tant que « personne vulnérable » mon chirurgien hier m'a interdit d'aller dans les magasins… Confinée et protégée. Demain, cette jeune voisine va venir prendre ma liste de courses et me rapporter mon caddie plein. Elle se dit ravie de rendre service : jeune et en bonne santé, elle veut être utile.
Alors je réalise que de « aidante » dans mes engagements associatifs, je suis devenue une « personne à aider » : Reconnaissance et humilité à vivre, et à apprendre.

A bientôt,
Christine,

« Vivre aujourd'hui, demain est un autre jour ».

Vendredi 27 mars **J 11**

Manquerai-je d'inspiration ce soir ?
Pas vraiment mais je suis si contente de vos réactions que je commence ce soir en relatant les petits mots que vous m'envoyez : cela me fait un bien fou et j'espère vous faire à tous aussi beaucoup de bien en retour, en citant vos

propos, en vrac mais non moins avec plaisir, et je vous laisse vous y reconnaitre :

« Tu vas bientôt retrouver tout ça, la nature est belle, les oiseaux s'en donnent à cœur joie, et les mauvaises herbes aussi ! …
C'est très beau et inspirant…
Contente que tu prennes la vie par ces petits bonheurs quotidiens… »

« Merci pour tous tes beaux messages, qui subliment un quotidien plutôt tristounet pour chacun de nous… Pensons, fixons-nous sur l'après. Toutes ces choses, moments que nous allons redécouvrir, savourer comme jamais. Un resto, un verre à une terrasse, des moments avec famille et amis, le simple plaisir du partage…
Merci pour cet espace de poésie de la vie…Vie intérieure dans tous les sens du terme ! »

« Demain je t'envoie des photos de mon jardin parce que je veux être dans le diaporama ! Du plaisir de te lire chaque jour... Bon courage urbain... Oui demain est un autre jour, sachons vivre intensément toutes les petites merveilles quotidiennes. Il y aura des jours meilleurs où on pourra fêter la fin de ce retrait collectif… Relativiser, optimiser, humour, poésie .... Observer, écouter, méditer.
Oui, nous sommes seuls et ensemble dans cette situation incertaine, méconnue ... »
« Chacun à notre manière nous avons besoin de nous exprimer et de garder contact avec les autres.
Moment présent moment merveilleux... Il faut tenir le cap...Vie intérieure dans tous les sens du terme... Regardons le ciel.... »

Votre prose vaut bien la mienne, un grand merci à tous !

Alors quelles nouvelles aujourd'hui ? Mes jeunes voisins se sont occupés d'aller pour moi à la pharmacie et au magasin d'alimentation, avec une disponibilité et une gentillesse qui me confortent et me tiennent chaud au cœur. Je sais que j'ai beaucoup de liens et de personnes qui m'aiment et que j'aime, qui veillent sur moi à distance, merci à eux, toutes et tous.
Mais je suis rassurée de sentir quelqu'un de disponible, éventuellement, à l'étage juste au-dessus de chez moi !
Une reconnaissance particulière aussi pour mon infirmière qui vient à domicile, car j'ai encore un peu besoin de soins... Je lui ai dit que c'est aussi pour elle que j'applaudis le soir à 20 h.
D'ailleurs un instant je m'interromps, j'entends des bruits dehors. En effet, dans ce silence urbain effrayant au départ et finalement paisible désormais, chaque bruit aussi infime soit-il, monte jusqu'à moi au 2ième étage, et me fait à chaque fois bondir à la fenêtre pour voir un peu de vivant dehors. Et ce silence est habité de tous ces voisins que l'on devine derrière les fenêtres.
Je reviens, après nos 5 minutes d'applaudissements quotidiens, reconnaissants, chaleureux, traversés de cris de bravos, de musique (tiens, ce soir, quelqu'un joue de la trompette) et qui fait toujours chaud au cœur.

Le confinement ne serait-il pas plus supportable justement parce qu'il n'est pas un « enfermement » ? Sauf à s'enfermer en soi-même et c'est cela ici que je refuse de faire ! Et peut-être très modestement vous y aider.

Lorsque je me campe sur mon balcon pour applaudir de toutes mes forces, c'est étrange et un brin frustrant, je ne vois que la dame du premier de l'immeuble d'en face et je devine seulement tous ceux de mon immeuble, car sauf à me pencher dangereusement, je ne peux les apercevoir.

Les autres personnes que je peux distinguer sont de l'autre côté du carrefour (j'ai la chance d'être ainsi face à des centaines de fenêtres en visuel, pas toutes animées certes), des silhouettes étranges dans la nuit, sur fond de la lumière de la pièce derrière eux : des contre-jours subtils, un brin romantiques.

Belle nuit pour ceux qui veillent tard sur Internet et me liront bientôt ;
Joyeux matin et un samedi le plus serein possible pour tous les autres !

A bientôt,
Christine

« Vivre aujourd'hui, demain est un autre jour ».

Samedi 28 mars 2020 J 12

« Coucou, vivement l'épisode de ce soir !!! Je deviens accroc à cette petite lecture... »

Voilà une réaction d'un ami, qui m'a littéralement emballée… Confinée quasi totalement, seule dans mon petit appart, impuissante devant tout ce qu'il faudrait faire pour être solidaire, comme proposer ses services, ce que je ne peux pas. Et me voici soudain envahie d'une sorte de bien-être, venu du sentiment de me sentir utile, à distance.
De plus, utile en faisant ce que je sais faire de mieux me semble-t-il (chacun ses atouts) et surtout ce que je me

délecte à faire, c'est-à-dire… Ecrire ! Au travers d'un « rite attendu et apprécié » m'a dit une amie ce soir.
Ce matin, sur leur promontoire au soleil, voici un rassemblement de 3 pigeons, qui font fi de la distanciation sociale, juchés sur le lampadaire (je vous en parlais hier), se dandinant en gloussant, et pour 2 d'entre eux, réalisant manifestement une danse de séduction… Vive le printemps !
Le merle noir dans le gros platane en face, a apparemment trouvé une copine, on dirait que leurs chants se répondent, et un couple de corbeaux sillonne le ciel en faisant des arabesques, des courbes sur un fond doucement bleu… Vive le printemps !
Comme je ne sors pas, mais pourquoi ne sors-je pas (c'est français ça ?) et bien, parce que, outre les recommandations de mes soignants, je réalise que ma zone de confort se situe bien dans ces 30 m2 et mes presque 4 m2 de balcon, mon jardin, mon espace extérieur, mon regard sur le dehors !
Je réalise également que je préfère un petit espace où je ne peux pas trop bouger physiquement mais où je me sens en sécurité, à un grand espace où je pourrais bouger mais loin de mon havre et de mes repères côté santé… Ce grand espace en extérieur, champêtre et fleuri, mon « Clos des cerises » en somme, que j'ai dû abandonner et que je regrette, peut-être en cet instant un tout petit peu moins…

Vive le printemps, qui y explose là-bas !

Alors, je bouge mentalement et je suis en liens virtuels, par des rencontres, des visites, des partages, avec vous toutes et tous, c'est chouette ! Il y a même certains jours où, comme je priorise les contacts, les conversations téléphoniques bousculent mon emploi du temps et je dois m'adapter sans cesse.

Quasi surbookée, j'en souris bien sûr. Mes séances de gym sont intenses, quand bien même elles ne m'occupent qu'un quart d'heure le matin et autant l'après-midi. Je me moque gentiment de moi devant la glace : dans mon bout de couloir de deux mètres, je colle sur mon mur les fiches d'exercices, et j'applique studieusement tous les mouvements. Ces fiches d'exercices m'ont été envoyées par l'éducateur de sport « adapté », attaché à l'hôpital et soucieux de nous aider à garder la forme après les périodes de soins. Un grand merci au passage pour sa bienveillance ! Evidemment je continue mes marches sur place, devenues des courses désormais. Je vous assure, j'en ressors fatiguée, je sens que c'est un bon exercice pour le cœur.
Je me suis donnée la joie de pouvoir étendre ma lessive à sécher sur mon balcon au soleil plein ouest et, les yeux mi-clos, écoutant les oiseaux pépier (tiens, qui sont-ils ceux-là ? Ils se dérobent à mon regard et je ne les connais pas encore) je me vois dans un jardin, accrochant mon linge à un fil dans le vent, et j'imagine même la bonne odeur de l'herbe fraichement coupée. Je hume, je la sens, pas vous ? Quelle belle faculté que l'imagination ! Bien difficile de revenir au réel. Quoique… une surprise : je me penche entre mes jardinières accrochées à la rambarde pour apercevoir des touffes d'herbe folle pousser entre les pavés le long du trottoir, et aussi au pied de l'immeuble d'en face, entre les interstices du mur de béton craquelé… Vive le printemps !

Et puis demain, n'oubliez pas, nous changeons d'heure paraît-il ! Cocasserie d'une annonce qui ne va pas bouleverser franchement notre quotidien.

J'achève cette page avec le « vingt heures » des applaudissements, toujours aussi toniques et un brin surréalistes. Tiens la dame d'en face n'a pas ouvert sa fenêtre ce soir, que se passe-t-il ? Elle si dynamique chaque soir. Elle ne peut être de sortie, alors je me prends à me soucier d'elle, tout en sachant que je ne peux pas faire grand-chose, je ne la connais pas, silhouette animée, anonyme, mais devenue presque familière. Nous verrons demain.

Christine

« Vivre aujourd'hui, demain est un autre jour ».

Dimanche 29 mars 2020 J 13

La journée d'hier laissait apparaître une fraicheur printanière tranchant juste de quelques coups de vent malicieux avec le temps de la veille, chaud et ensoleillé.
Mais ce matin, un froid automnal m'a accueillie à mon balcon lorsque j'ai ouvert un œil puis deux, ne sachant évidemment plus bien quelle heure il était ! Il est vrai que ce décalage survenu dans la nuit n'a pas vraiment chamboulé mes multiples rendez-vous virtuels d'un jour doucement confiné.
La grisaille et le froid me laissaient présager d'un « jour de rien », c'est ainsi que je nomme ces matins brouillons où le ciel gris et l'horizon incertain annihilent insidieusement l'envie, et sapent l'énergie.
Mais bon sang, de mes fenêtres, je ne vois pas l'horizon !

Je réalise alors qu'il n'est constitué que d'immeubles, proches et lointains, de rues… Et du scintillement de la tour de la Part Dieu tout au bout là-bas vers le nord.
Dégagé par le chantier de démolition à l'arrêt depuis le confinement, mon horizon proche porte mon regard au-delà de la place laissée béante du terrain nu, vers d'autres pâtés de maisons plus loin. J'ai alors le sentiment de goûter le plaisir de visualiser un espace plus grand, mais qui s'arrête net sur des murs de béton troués de centaines de fenêtres. Je ne vois pas au-delà si ce n'est en levant les yeux et noyant mon regard et mon imagination dans le vaste ciel, bleu ou gris, peu m'importe, mon imagination me porte ailleurs, je m'envole au-delà.
Mais au fait, qu'est-ce que l'horizon ? Si c'est le bout du regard, tous les paysages urbains ou ruraux ont un horizon. Moi, mon problème, c'est que je ne vois pas d'autre horizon possible, et à mon goût, que la ligne entre ciel et terre, ou mer, paysages naturels, nourriciers et nourrissants pour moi …
Alors, par cette fraîcheur automnale, au lieu du petit café au soleil à regarder mes plantations fleuries, je me suis imaginée au coin du feu avec une tisane chaude et réconfortante, bien réelle celle-ci. Je n'ai pas pu regarder avec un certain délice les insectes butineurs sur mes muscaris. Je n'ai pas pu surprendre les pigeons roucouler sur leur lampadaire, je n'ai pas admiré les arabesques du couple de corbeaux, et surtout, mon merle n'a pas chanté !

Alors, je me suis rattrapée en imaginant mon futur jardin virtuel et j'ai commencé à compiler les nombreuses photos que vous m'avez déjà envoyées.

Lorsque je n'ai pas répondu rapidement au coup de fil d'une amie, je lui ai bien expliqué que la traversée de mon château, pour regagner l'aile sud et mon bureau où se

trouve mon téléphone, en passant par les cuisines de l'aile ouest où se préparait un festin, ne m'ont pas permis d'être réactive ! Il est vrai qu'avec le « rester à la maison » difficile de se défiler et d'affirmer à quelqu'un (si tant est qu'il soit indésirable) que nous étions absente à cause d'une réunion qui s'est prolongée, partie faire des courses ou retardée dans le train ou une grève de métro !
Malgré toutes ces conversations plaisantes, attendues et amicales, il apparaît tout de même que le temps confiné chez soi peut être envahi et ne plus laisser de place choisie à du temps exclusivement pour soi... Etrange constat que l'obligation de gérer ses appels ! Il faut bien que la séance de gym entamée ne soit pas stoppée net...
Aujourd'hui j'ai découvert la tête de mon nouvel infirmier, quand je dis la tête, ce sont surtout ses yeux que j'ai vus ! Il portait le masque ff machin, et ainsi masqué, je serai infichue de le reconnaitre si je le croise demain dans la rue. A part cela, très gentil et compétent, rien à redire bien sûr. Et lorsque nous avons parlé de l'heure de sa venue le lendemain, je lui ai évidemment dit qu'il ne risquait à aucun moment de trouver porte close !
Pour finir, la bonne blague de ma sœur Béa, lorsque je lui annonce qu'elle allait enfin pouvoir prendre le temps de se remettre au piano, pour jouer des morceaux avec moi à la batterie : « Je n'ai pas assez de temps, il me faut encore un mois de confinement, c'est trop court ! ».

Et nous avons bien ri lorsque nous nous sommes alors nommées des futures « déconfinées » !... « Sorties » du confinement, c'est moins marrant.

Christine

« Vivre aujourd'hui, demain est un autre jour ».

Lundi 30 mars **J 14**

Mais ce n'est pas bien sérieux cela ! Je réalise que depuis le n°12, je ne vous dis plus « A bientôt » en bas de page...Et pourtant, ce petit journal me fait tant plaisir à écrire et à vous y retrouver de jour en jour, sachant qu'il fait du bien à pas mal d'entre vous : Voilà mon utilité de confinée solidaire, et seule, mais de fait pas solitaire.

Je partage avec mon amie C la certitude que, tout en aimant la solitude et en ayant même souvent grand besoin, celle-ci, lorsqu'elle nous est imposée, est nettement plus difficile à vivre. Elle ne peut de fait être entrecoupée de moments choisis, d'évasion à l'extérieur, d'aller voir et toucher (!) Les autres. C'est à cette amie que ce matin j'ai donné une étonnante leçon de jardinage : de balcon à balcon, à 700 mètres l'une de l'autre, en pleine ville, nous avons devisé sur ses plantations décrépites et l'impossibilité (croyait-elle) de parer son balcon orienté au nord, de fleurs et de plantes luxuriantes.

Alors, je lui ai donné des conseils : faire revivre la terre séchée au fond des pots, remuer, arroser, peut-être dans un premier temps laisser venir des herbes sauvages (c'est ainsi que j'ai toujours nommé les soi-disant mauvaises herbes). Je lui ai demandé de regarder alentour si des plantations pouvaient lui amener des graines folles jusqu'à son étage, si le vent capricieux ne lui apporterait pas des surprises en poussant au milieu de ses pots revivifiés, aidés par quelques oiseaux peut-être. Je l'ai réprimandée gentiment car elle avait déjà jeté un peu de terre ! Qui lui semblait sèche et moche, et je lui ai proposé quelques trucs pour la faire revivre, et tenter d'y faire renaitre un coin de nature.

Aucune terre n'est jamais totalement morte lui ai-je dit.

Elle se dit que le confinement va peut-être étonnamment faire d'elle une jardinière avertie. Je vais suivre l'affaire de près, je vous le dis, photos à l'appui !
Bonne nouvelle, surtout pour mon moral qui a remonté de quelques degrés, alors que dehors, il fait bien froid : j'ai entendu le chant d'un merle ! Ou peut-être de deux… J'aime à imaginer que le couple aperçu avant-hier reste dans le quartier. Mais cette fois, le chant était plus lointain, dans les arbres de la rue là-bas, dont j'aperçois une cime oscillant légèrement dans le vent. C'est grâce au silence urbain que je peux les entendre si loin, c'est étonnant et réellement magique. Oui j'avoue, je me contente de peu en ce confinement encore plus tristounet sous ce ciel gris et froid, mais nous amorçons la 3ième semaine et il faut tenir !
A ce propos, j'ai demandé à mon amie T, celle du « rdv kfé » du matin, d'aller embrasser un arbre de ma part, car elle est comme moi, elle parle aux arbres et les embrasse… Non je n'ai pas perdu la boule, ou alors, c'est fait depuis longtemps, et nous n'avons pas attendu que la sylvothérapie devienne à la mode pour nous nourrir de nature et d'énergie sylvestre !
Figurez-vous que j'ai toujours aimé appuyer mon dos à un arbre, de préférence imposant, et je pose mes mains sur son écorce rugueuse et vivante et je sens son énergie nourrir ma tête, mon cœur et mon corps.

J'en ai besoin, je me sens bien, en accord avec la nature. Inexorablement et merveilleusement je sens que j'en fais partie.

Alors, c'est sûr, à mon balcon, c'est un peu juste pour m'exprimer ainsi, quoique…

Mon beau platane, vous savez celui qui est à 50 mètres et abrite parfois mon merle, oui je mets beaucoup de « mon » je m'approprie ce bout de nature devant chez moi, cela m'aide à vivre ! Et bien, je vais tenter en sophrologie, en méditation, avec toute arme paisible à ma disposition mentale, de l'embrasser à distance ce soir…

Et j'ai bien besoin de cette paix intérieure mise à mal sans cesse.

Je vous raconte une anecdote saugrenue et peut-être cela vous décomplexera-t-il, s'il vous arrive d'en faire autant : Donc, je ne sors pas et mes jeunes voisins me font mes courses, sympas vraiment. Et je « psychote » à chaque fois : je nettoie le papier dans lequel le pain est emballé, je savonne les boites avant de les ranger, je me relave les mains pour la ixième fois, cela rend dingo je vous dis ce virus corona machin truc de m…. ! Là je m'échappe de ma littérature et d'un style travaillé, pour vous offrir un lâchage, pétage de mots mais pas encore pétage de plombs. Mais un brin rassurée tout de même car plus savante : je viens de comprendre que le virus n'est pas un organisme vivant mais une protéine, donc incapable de se reproduire seul. Il utilise nos cellules pour se multiplier, cet abruti. Non vivant donc il ne peut pas être tué, mais se détériore tout seul. Bien sûr il y a des tas de précautions à prendre mais je retiens surtout qu'il ne peut pas me sauter dessus, envahir mon appartement par la fenêtre ouverte, flotter tout seul dans l'air en dehors de toute présence…
Le savon et l'eau chaude restent le remède absolu, à ma portée et j'en use et en abuse. On se rassure chacun comme on peut face à ce danger minuscule, effrayant et invisible.

Tenez bon les amis, et confinez-vous bien pour en sortir toutes et tous en bonne santé physique et mentale !

A bientôt,
Christine,

« Vivre aujourd'hui, demain est un autre jour ».

Mardi 31 mars 2020 **J 15**

Il m'a fallu un petit moment pour me rappeler le jour de la semaine que j'entamais ce matin, je crois que ce sont les premiers signes d'égarement temporel de la troisième semaine fatidique du confinement ! C'est ce que je viens d'entendre à la radio : c'est maintenant le plus dur dit-on, déjà 2 semaines, mais seulement 2 semaines sur ... Ne pensons pas à la suite, cela va m'encrasser les neurones et embrumer mon moral.
Ce matin, un franc soleil s'affiche dans le ciel clair… Mais il fait 5 degrés à ma fenêtre… brrr … Même pas pu prendre mon petit café au soleil, au moment juste où il (le soleil) tourne le coin de l'immeuble pour venir inonder mon balcon. Car j'ai la chance d'avoir dans mon T 1, plusieurs expositions entre nord-est et sud-ouest. A chaque moment de la journée, en faisant quatre pas de la cuisine à la chambre/ séjour, je peux aller chercher le soleil là où il m'accorde sa lumière et sa chaleur.
Voilà, j'ai compris et je le sentais bien que cette journée est une journée de « rien ne va » ! Je n'ai pas pu capter ma dose de lumière et de chaleur en regardant dehors,

indispensable dit-on en période de super confinement, très confinée. Cela a commencé par un moment de totale incommunicabilité de ma part, lors d'une Visio conférence avec les membres d'une association où je suis active : je les vois, je les entends et mon micro ne marche pas, alors je me suis retrouvée muette et j'ai abandonné, me sentant impuissante et inutile. Puis ce fut Julian, mon prof de batterie, avec lequel j'ai tenté de capter un logiciel qui me permettrait d'entendre et d'enregistrer ce que je joue car, si chouette batterie électronique qu'elle soit, il n'y a que moi qui l'entende dans mon casque et, pour répéter avec ma sœur au piano (cf. J 13) dur dur ! Et enfin, lorsque j'ai cru une partie de mon problème résolu par un gentil voisin de notre groupe Wathsapp « solidarité entre voisins », qui m'a apporté une mini enceinte... La prise d'ici ne correspondait pas à l'entrée de là. Quelle galère !
Au secours Julian ! Je te téléphone demain.
Et je vous passe la difficulté à trouver comment faire un groupe de contacts, en important, en cliquant, en tapant rageusement sur mon innocent clavier. Mais j'y suis arrivée, il faut bien que la journée s'achève avec une once de positif. Et pour plonger encore dans cette vague de pensées agréables et nourrissantes, mon esprit s'évade vers hier, me souvenant d'un moment de jardinage fabuleux et complètement dingue : j'avais mon amie S au téléphone et j'entendais des gratouillis bizarres en fond. Elle me dit être en train de déterrer le méchant lierre qui monte à l'assaut de son petit mur de pierres au fond de son jardin, là-bas, en Ardèche.
Et bien, je vous jure, j'ai mis mes gants et j'ai gratté en imagination avec elle, je suis sûre que cela l'a aidée ! En tout cas nous avons bien ri de ce moment de plaisir et de complicité.

C'est ainsi que j'ai aussi écouté le boléro de Ravel, vous savez celui qui circule sur Internet. Chaque musicien s'est enregistré chez lui, joue sa partie, on les voit sur des fenêtres tous en vidéo et quelqu'un a mixé l'ensemble pour en faire un orchestre. Vous avez pigé ? Je ne suis pas très claire je crois mais le tout est absolument magique à entendre, et l'écoute m'a transportée loin, dans un de mes ailleurs…

J'ai une bibliothèque de multiples « ailleurs » des lieux que j'aime, des paysages où je me transporte, parmi lesquels mon imagination puise l'ailleurs qui me fera du bien à tel moment choisi…si seulement je pouvais m'y téléporter !

Les fils de connexion de mon cerveau avec la bibliothèque intérieure de mes ailleurs, vont avoir du boulot dans ces longues semaines à venir, ils vont chauffer !

Bonne nouvelle : hier soir, à l'heure des applaudissements, la dame d'en face est réapparue à sa fenêtre, vous savez celle qui m'a fait un sourire (J 12) et que je ne connais pas. Et ce soir je suis tiraillée entre le fait de me sentir relativement à l'abri, confinée, et le sentiment naissant très désagréable d'être dans un endroit clos, hermétique car je ne vois quasi personne. Mais le rendez-vous avec vous ici dans ce journal me stimule et me permet de me sentir un peu utile. Mais non, je ne suis pas dans un lieu hermétique car mes propos s'envolent vers vous, et vos réactions me font chaud au cœur. Vos nouvelles de confinés m'intéressent aussi, donnez-m'en, et restez bien chez vous.

Une dernière forte pensée pour les soignants de nos familles, dont je connais bien certains, et j'applaudis toujours en pensant à eux tous.

A bientôt
Christine

« Vivre aujourd'hui, demain est un autre jour ».

Mercredi 1er avril 2020 J 16

Cet après-midi, je me suis installée sur mon balcon, un verre de jus de fruit à la main.
Non ! Pour l'apéro, j'attendrais de pouvoir le partager avec quelqu'un ou quelqu'une mais peut-être vais-je imaginer un rendez-vous apéro le soir, comme mon rendez-vous kfé du matin ? Donc, sur ma chaise métal « Fermob » (excusez du peu mais je le mérite bien) d'un doux vert clair, les pieds appuyés sur la rambarde, le visage offert au chaud soleil, je prends mon plein d'énergie et de lumière vivifiante. Je hume quelques pâles odeurs fleuries, j'inspire infiniment, et relâche ensuite lentement ce bon bol d'air, pour chasser cette petite peur constante au fond de moi, peur insidieuse que je ne veux pas voir croître… Il est vrai que la journée se termine ainsi mieux que celle d'hier, cette journée de « rien ne va »…
Et là, un petit bataillon de butineurs a choisi manifestement mes fleurs pour sa récréation pollinisante ou pollinisatrice ou en recherche de pollen, bref… et ils bruissent en me taquinant effrontément. Mais oui, il n'y a

pas de bruit dans ma rue alors j'entends même les insectes virevolter. Mon amie C qui connait mon petit appartement, me dit que mes descriptions feraient penser à un grand jardin empli de fleurs et de papillons, quel bonheur ! En fait, c'est bien vrai : dans mon espace plutôt étroit, le peu de nature ici présente emplit tant les lieux qu'elle y prend évidemment une grande importance ! J'en ai tant besoin, j'en suis assoiffée…

De plus, ne croisant guère d'humain, tout ce qui vit me nourrit l'imagination et le cœur.

D'ailleurs, lorsque j'ai vu entrer jusque dans ma cuisine (vous savez le long de ce grand couloir de l'aile sud-ouest à l'aile nord-est de ma demeure seigneuriale… de ma chambre à ma cuisine en somme) donc j'ai vu entrer un bourdon par la baie ouverte, et je me suis transportée mentalement dans un de mes « ailleurs », mon « Clos des cerises » ! Où au printemps, des abeilles, des papillons et même des oiseaux entraient inopinément dans la grande pièce inondée de lumière, grande ouverte par toutes ses portes-fenêtres. Ils prenaient l'intérieur de ma maison pour le prolongement de mon jardin, ma plus belle récompense de n'avoir utilisé que des matériaux naturels, des peintures et des lasures bio.
Lorsque je ne suis pas à mon jardin de balconnières, ici à Lyon, je suis aussi beaucoup devant mon clavier et j'aime deviser avec vous. Cela me motive et, l'heure avançant, je me sens obligée de rédiger et de vous livrer ma production dans la soirée : je ne peux ni ne veux décevoir ceux qui disent attendre le journal du jour avec impatience.
En effet, je crois que cela rythme vos jours comme les miens, apportant de la nouveauté à la banalité des jours confinés qui passent. Beaucoup d'entre vous réagissent,

me donnent des nouvelles, cela me fait un plaisir fou et me maintient en éveil.
Il ne s'agit, en ce confinement, ni de ramollir son physique, ni de rouiller ses neurones, ni de laisser son cœur se dessécher dans le silence et l'ennui.

Et je vous suis dans vos activités, lorsque P refait un muret de pierre, que J court après ses poules qui font fi du confinement, que B se lance pour la première fois dans des plantations de capucines, que A renchérit sur mes moments imaginaires de me voir marcher à marée basse le long d'une grève immense.
Et C qui a fait une étonnante récolte de miel de buis/romarin, tandis que P enlève les tuiles d'une petite maison de pierres qu'il restaure en bas du hameau, que J regarde tranquillement ses ânes paitre, que M fait connaissance en jardinant avec ses jeunes voisins, de loin, par-dessus leurs clôtures, et se prenant au jeu de la nature, grattant, taillant. Et encore M parle avec plaisir de son jardin bichonné, D de son jardin, regarde dans le champ d'à côté et entend ... bruits de tondeuses, de taille-haies, et hennissements des chevaux d'un voisin ... On s'y croirait, et moi je m'y vois bien.
Le clou appartient à B qui m'a envoyé de magnifiques photos de mon « Clos des cerises » en fleurs, s'épanouissant entre cerisiers en fleurs, rosiers, romarin et quelques herbes folles : Elle habite juste à côté et s'est à peine déconfinée pour me faire profiter de mon beau jardin !

J'ai rechargé mes batteries depuis hier, avec tous ces moments que vous partagez avec moi et que je repartage avec vous autres.

Alors, je remets à demain les soucis matériels, informatiques et musicaux dont je vous parlais hier, je serai d'attaque pour ce week-end de printemps, au balcon et devant mon ordinateur !

Un clin d'œil de la météo à l'instant : demain nous gagnons 3 minutes de soleil, chic, mais pourvu qu'il brille !

A bientôt
Christine

« Vivre aujourd'hui, demain est un autre jour ».

Jeudi 2 avril 2020 J 17

Les journées en télé travail passent vite ! C'est un rebondissement ! Depuis ma retraite quoiqu'active, l'édition d'un quotidien m'oblige, mes lecteurs s'impatientent... Tenez ce matin, P puis C puis S ont appelé la rédaction, se plaignant (gentiment) de ne pas avoir reçu les derniers numéros. Et oui, rappelez-vous mes soucis de constitution de mailing liste et … Vlan, je me suis emmêlée les doigts sur les touches.
C'est heureux et même merveilleux qu'ils s'en soucient, cela veut dire que le journal les intéresse, et l'état d'empêchement ou pas de la rédactrice, aussi !

Merci tous. Cela me fait chaud au cœur.

Et il faut gérer ses mails, visionner toutes les jolies vidéos choisies, de concerts ou de chansons, « confinés mais ensemble » magnifiques moments, sensibles et émouvants. Et répondre au téléphone, non, plutôt rester disponible prioritairement pour toutes ces chouettes visites et conversations.
A propos, mais ce serait plutôt un propos par esprit d'escalier, voici une anecdote sur les conversations, de visu ou pas. En allant comme chaque mercredi, ma seule sortie de la semaine, voir mon chirurgien, mon héros, chez Léon (centre Léon Bérard pour les non initiés) pour une fin de suivi de cicatrisation, bref, pas grave mais casse-pied. (!) Donc, nous devisons avec l'infirmière et PM me sourit pour me rassurer sur je ne sais plus quoi. Mais, je crois l'avoir vu sourire alors qu'il avait un masque vous savez celui qui est en bec de canard le FF machin, et on ne voit que ses yeux !

C'est bien la première fois que je constate, en réel, que les yeux peuvent sourire et que le regard parle.

En effet, il ne m'était jamais arrivé jusque là, avant corona, de discuter avec quelqu'un dont je ne vois que très peu le visage, et qui me sourit par son regard !
J'ai envie de vous dire comment je m'organise, afin que vous visualisiez mon espace, comme vous en avez manifestement l'habitude en me lisant, me confient certains. J'ai donc une seule pièce qui a un coin chambre, avec un coin bureau, et un coin salon... de jardin, ou cabine téléphonique, c'est-à-dire que je tourne mon petit fauteuil crapaud vintage, bienvenu et bienveillant, vers le balcon dans la journée et, le soir je le tourne vers mon (quatrième) coin, télé. Vous imaginez ? Cela fait bien 4 coins dans la pièce ! Et j'ai de plus une vraie petite cuisine où je me prépare de bons petits plats, consolateurs de ma

solitude, quoiqu'il m'arrive de partager, en photos, mes menus avec ma sœur Béa. Et nous devisons alors sur l'équilibre et le goût de notre alimentation…
J'aime beaucoup la réplique de mon ami P qui parle de « mon petit alphabet » lorsque je nomme mes lecteurs assidus et réactifs : il va encore se reconnaître ici !
J'ai enfin compris ma frustration dans mon mini espace nature, (en dehors de sa faible superficie) : je vois fleurir, je contemple les pousses croître mais, ce qui me manque c'est bien de mettre les mains dans la terre, de farfouiller, de semer et de regarder pousser.

J'ai besoin dans la durée de voir croitre le vivant.

Ma sœur Béa qui habite seule près de Lyon mais que je ne peux pas évidemment côtoyer, y a une grande maison et un jardin qu'elle travaille bravement et embellit comme jamais, parce qu'elle prend le temps, ce temps obligé donné par corona. Elle m'a offert hier une visite commentée par Smartphone et WhatsApp interposés, arpentant massifs et buissons et, nous nous sommes extasiées devant ses poules en train de folâtrer dans l'herbe.
J'ai toujours adoré regarder les poules picorer et je ne m'en lasse jamais. C'est comme un relaxant pour moi, peut-être comme de voir un poisson rouge tourner dans son bocal, c'est le vivant qui s'exprime, bouge, paisiblement, à sa guise. Tiens, c'est l'heure des claps…
Je reviens : je suis contente car, si j'ai vu certaines fenêtres résolument fermées, je découvre trois nouvelles fenêtres ouvertes sur la rue et de nouveaux claps se joignent à ceux d'hier.
Je souhaite finir ce soir sur un vrai souci qui pointe dans les actualités, les divers médias, les discours : le fameux « déconfinement » ! Non ce ne sera pas la libération, ce ne

sera pas la victoire du grand soir, ce ne sera pas un lâcher de déconfinés débridés, mais comment sera-ce (ça se dit cela ?) et puis je viens d'entendre que notre santé psychique pourrait être altérée. Moi, si je suis effrayée du futur, je le suis aussi d'imaginer déjà le présent, dans des familles où les relations confinées peuvent être abimées, voire violentes, où les parents peuvent avoir des difficultés à suivre les cours de leurs enfants. C'est inédit et terrible je trouve. Il est vrai que le virus nous rend tous égaux devant le risque, que l'on soit riche ou misérable mais, comme disait Coluche : « certains sont plus égaux que d'autres ».
Enfin, j'ai beaucoup pensé et échangé dans nos conversations, sur l'adaptation au changement qui devrait survenir au cours de la troisième semaine de confinement. Certains s'adaptent par de nouvelles habitudes, de nouveaux rites constructeurs dans des journées devenues fades. D'autres, au mental moins armé, n'ont pas cette chance.

Et des solidarités s'installent.
Je me plais à voir qu'elles sont florissantes, et je me plais à croire qu'elles perdureront…

A bientôt
Christine

« Vivre aujourd'hui, demain est un autre jour ».

Vendredi 3 avril 2020 J 18

Ce matin a mal démarré : « un jour de rien » ? Ou « un jour où rien ne va » la tentation de trainer au lit après une mauvaise nuit et un endormissement inattendu au petit matin. Et je me suis morigénée… En voilà un terme que je loupe en écriture une fois sur deux… Donc, après un sermon intérieur, en forme de dialogue entre le « moi » dynamique et plein d'espoir, et l'autre « moi », amolli, un brin triste et taquiné par la peur, genre : « Non tu ne vas pas te laisser aller !… mais de toute façon tu ne verras personne aujourd'hui… oui mais si tu commences à abandonner le rythme d'une vie saine (mais au fait, comment reste-t-on une confinée, saine ?)… tu vas avoir honte de toi en te regardant, ébouriffée, même pas lavée, en chemise de nuit : le chemin le plus direct pour ressembler à une vieille mémé triste, esseulée et moche ».
Avec toutes ces évocations, horreur !
Je me suis du coup ressaisie. Un élan intérieur pour conserver coûte que coûte le respect de moi-même m'a finalement fait bondir pour atteindre en deux pas ma cuisine, et un bon café chaud accompagné de tartines pain, beurre et miel ardéchois, en fait celui de J mon pote apiculteur. En effet les récoltes des temps jadis, au Clos des cerises, où j'officiais avec mes amies les abeilles, sont épuisées depuis longtemps.
Dis donc J, ma réserve fond, de plus la plupart des pots sont restés au Clos : croyez-vous que je pourrais y aller et cocher sur la case de l'attestation de déplacement dérogatoire « déplacements pour achats de première nécessité » ?

Pourtant, ce miel est bien pour moi un antidote à la morosité, un aliment de première nécessité, morale voire mentale !

Et, à propos de tout ce que je vous raconte dans ce petit journal, ne vous méprenez pas. Le fait d'imaginer un jardin s'épanouir sur mon balcon, de rêver de campagne en suivant le vol du couple de merles, de surveiller quasi aux aguets et quotidiennement une jardinière récemment installée, de savourer la surprise des petites pousses émergeant des graines semées, ou de m'émerveiller au soleil et au grand ciel bleu en écoutant les chants d'oiseaux… disent bien mon positivisme et mon énergie de vivre, oui !
Mais tout cela masque bien la lassitude qui me gagne parfois si je pense à ce confinement ultra confiné, dans si peu d'espace pour bouger, et si peu d'occupations pour habiter les heures qui s'écoulent. Je ne considère pas le fait de vous narrer des choses agréables, anecdotiques ou distrayantes comme une chance qui m'a été donnée d'être ainsi. Certains le pensent car ils ont vécu, souvent auprès de moi, des hiers pénibles, des avant-hier douloureux où la vie avait des hésitations à rester, des envies de me quitter, et je suis bien toujours là.

Si j'ai une certaine chance, c'est sans doute cette énergie tapie au fond de moi, parfois bien enfouie parfois rebondissante. Cette énergie me vient de loin je crois…

Et puis j'ai tant réfléchi, médité, gambergé, torturé mon mental et sentir mon physique en piteux état dans ces moments, que j'ai ainsi eu l'occasion d'apprivoiser la solitude intérieure et une forme d'enfermement.
En revanche, ne larmoyons pas : si j'ai la faculté de vous distraire aujourd'hui et le plaisir de partager avec vous qui

me répondez pour certains, et à qui le journal manque pour d'autres lorsqu'il parait en retard, tant mieux ! J'en suis profondément heureuse.
Ce jour de rien a filé vite lorsque je me suis mise à faire le grand ménage de printemps de mon petit home, étalant ma lessive sur le balcon ensoleillé. D'ailleurs, voilà le truc pour étendre une double housse de couette sur un étendoir petit modèle ? La plier, attendre et replier dans l'autre sens et ainsi de suite… ça occupe !
Et c'est là que j'imaginais, pour de vrai, étendre mon linge sur la balustrade de ma grande terrasse en bois du Clos des cerises, et le regarder se balancer au gré du vent, séchant en deux heures à peine… Instant nostalgique et évocateur de souvenirs heureux.

Ne faisons pas l'économie de ces instants, car il semble que cela soit une vraie médication pour les humeurs maussades et les pensées tristes : se remémorer les souvenirs de bons moments avec ceux qu'on aime… et prévoir qu'ils vont se reproduire de façon certaine, à la fin du confinement !

Cette fin dont on ne sait rien mais qui aura forcément lieu un jour, et nous ferons des partages encore plus riches, encore meilleurs qu'auparavant, d'accord ?
Et je veux terminer sur une note franchement optimiste pour vous tous, ou presque, qui avez le loisir de jardiner. Vous avez, me dîtes-vous, tondu, labouré, nettoyé et… fi des plantations !
Et bien, j'ai entendu à la radio (France Inter je n'écoute qu'elle) que les marchands de semis, de plants dits « alimentaires » vont rouvrir ! Vous allez pouvoir les travailler toutes ces planches vides, et préparer des partages de bons légumes lorsque je reviendrai vous voir, chacun par ici, et chacune par là-bas !

Ce jour de rien a failli mal finir, je ne parvenais plus à faire marcher ma boite mail et j'ai failli ne pas diffuser ce soir. Je crois que je me serai fait carrément réprimander : Oui n'hésitez pas à faire des réclamations (si elles sont méritées !) elles rendent encore meilleurs ces moments. J'écris, vous me répondez, vous m'interpellez, merci.

Ça me rend vivante… et je ne trainerai pas dans mon lit demain matin, promis, je ne veux pas vous faire honte, même en imagination…

A bientôt
Christine

« Vivre aujourd'hui, demain est un autre jour ».

Samedi 4 *avril 2020* **J 19**

Le ton du journal d'hier était un peu grave, empreint de nostalgie, encombré de souvenirs difficiles.
Changeons de ton, et pour amorcer, je laisse la parole à mes lecteurs et lectrices (ça fait un peu « courrier des lecteurs » d'un magazine people …) Mais non, vous allez voir ou plutôt lire ces chouettes répliques.
MF me dit : « Nourrissons-nous des souvenirs heureux, positifs, remémorons du beau, du bien, du bon.....cela fait vivre, restons debout ;
A m'incite à affronter la pangolinerie en continuant mon activité physique d'intérieur comme une politesse envers moi-même ;

V réagit aux poules de mon récit, qui l'ont fait sourire en se remémorant son enfance, et son affection pour les gallinacés au point de les avoir en photo sur son smarphone !
Et un clin d'œil de V : « Avec cet Amour et ce respect du vivant que nous avons en commun toi et moi ! »
C'est bien vrai cela …
Enfin M m'envoie des liens vers des associations ou groupes d'entraide sur Lyon.
Aujourd'hui fut une journée particulièrement belle.
Des visites et des conversations…
A ne plus avoir le temps de rien d'autre, mais là est tellement mon essentiel : essence, sens, et ciel…
Un dialogue entamé sur le pas de la porte, à bonne distance, avec P vous savez la jeune voisine du troisième qui me ramène mes courses. Conversation très intéressante et je découvre avec bonheur mes voisins dont je ne savais rien avant le confinement.
Il est évident que ce fichu virus aura déclenché des rencontres, approfondi des connaissances, souvent plus authentiques et épurées des conventions, qu'avant.
Auparavant, je rencontrais beaucoup de gens lors de réunions et d'engagements associatifs, d'opérations plus ou moins militantes (surtout climat et environnement en ce qui me concerne) mais désormais, on s'appelle, on se croise inopinément sans objet particulier.
Ce n'est pas l'action commune qui nous pousse au dialogue mais juste la conversation, demander des nouvelles.
Sans but précis, sans compte à rendre, sans projet à mener, la parole est plus libre, fluide, sans enjeu même infime. On parle davantage de soi et de sa nouvelle vie chavirée par corona. Et alors tombent facilement les barrières de générations, de milieu professionnel, celles construites par

un quotidien antérieur désorganisé désormais et, de la même manière pour tout le monde.
Et ce matin, un mini évènement, mais tout prend de l'importance dans un quotidien confiné ! Mon amie C à qui j'avais donné des leçons de jardinage par téléphone et Wathsapp, a réveillé ses pots emplis de vieille terre et prévu de les habiller de plantations pour habiter son balcon nord.
Je lui avais promis quelques graines pour qu'elle se lance, et nous nous sommes vues, de visu, pour la première fois depuis le confi ! (je lui donne un petit nom, cela le rend plus doux et gentil, non ? en tout cas familier) J'ai enfin osé descendre, avec des prudences de sioux pour ne croiser personne, dans le petit jardin de la résidence et là, assise sur un banc au soleil, C de l'autre côté de la grille, dans la rue, nous avons devisé 20 minutes… Sans oublier de lui lancer le sachet de graines entre les barreaux. Et nous nous sommes approchées, moi venant toucher son ombre pour inaugurer un autre mode d'embrassade et de complicité à distance… Et nous avons souri en ce moment empreint de poésie. La photo fera souvenir. Et nous nous sommes demandées laquelle de nous deux était prisonnière, de chaque côté de cette grille à allure carcérale ?
L'envie de vous confier une de mes préoccupations, et peut-être de vous faire réagir : comment rendre à autrui tous ces gestes bienveillants, comment remercier tous ceux qui travaillent pour que nous puissions vivre, confinés et vivants, en dehors des claps de 20 heures ?
Et T à notre rendez-vous kfé du matin m'a laissé imaginer que le « contre don » n'est pas une obligation, que la reconnaissance peut s'exprimer dans le temps, autrement et surtout pas en réponse à un sentiment inconfortable et illégitime de culpabilité.

Ainsi, j'ai ressenti que les échanges sur le palier avec P ma voisine, demander de ses nouvelles, de son télétravail, avait manifestement un effet de cadeau en retour des courses rapportées. Je ne peux faire plus, je ne fais que peu mais je découvre aussi que ce petit journal et vos réactions me font comprendre que là, je peux et je suis utile. Et je ne compte pas, comme vous je le devine, toutes ces rencontres téléphoniques où à tour de rôle, on se désole, ou on se console de ces états étranges dans lesquels ce confinement nous met…

Demain il fera beau et chaud, je me programme un grand moment de jardinage, à la fourchette et à la cuillère, sur mon petit balcon paysagé…
Mon platane en toile de fond, le chant du merle en accompagnement…
Beau dimanche à vous !

A bientôt
Christine

« Vivre aujourd'hui, demain est un autre jour ».

Deuxième partie

Journal d'une confinée urbaine, à Lyon, seule dans 30 m2

… Mais avec un balcon !

Dimanche 5 *avril 2020* **J 20**

Que de chouettes réactions aux dernières éditions, cela me réjouit, vous n'avez pas idée ! V qui me parle de sa 1ère sortie de son appartement (elle aussi) pour faire quelques pas avec sa vieille maman, voir les plantations de la résidence d'à côté et rester connectées ainsi au printemps.

R sent une énergie incroyable qui me traverse (ce n'est pas moi qui le dit, c'est elle !), et donc la traverse aussi d'une profondeur revigorante, dit-elle. Et elle lit et relit la page avec bonheur. P récrimine car il dit que mon J 19 était une parution plus courte que d'habitude…

La rédactrice en chef serait déjà en week-end ? Non, mon écrit du jour tient à chaque parution en une simple page, et hop, copié collé dans le mail. Quel blagueur ce P !

C'est encore le même P qui s'amuse de mon alphabet, enrichi des prénoms de mes lecteurs et lectrices et P (-H) n'est pas le même que P (-A), cher ami apiculteur, mais pas le même apiculteur que J !

JL est parti faire une grande balade dans la nature, au milieu des fleurs printanières, des arbres qui bourgeonnent, et des petits oiseaux. Il dit qu'il a bien pensé à moi au milieu de cette nature sous un soleil radieux… Mais je doute qu'il ait pris et respecté son attestation de déplacement dérogatoire !

Bon, vous allez vous perdre avec toutes ces lettres, alors je dépose mes armes épistolaires.

Je suis contente de sentir ainsi une forme de communion et des élans croisés qui viennent abonder mon journal de vos contributions. Je pourrais presque avoir l'impression de bavarder avec vous, les débuts des J 5, 6 et suivants (déjà 16 parutions !) ayant été un peu en forme de monologue…

Nous voici en dialogue, merci les Amis !

Aujourd'hui, dimanche, j'ai eu la surprise de voir arriver mon infirmière S, qui est devenue une amie, avec du pain frais et un croissant pour mon petit-déjeuner, c'est dimanche, trop classe ! Et, histoire de la faire rougir ici, hier j'avais eu un carton de pots de fleurs à replanter, cadeau insufflé par mon amie A qui se trouve être sa mère ! Non là je vois bien, vous êtes carrément paumés mais j'espère au moins que cela vous fait sourire.
J'oubliais toutes ces belles photos de campagne, de fleurs et de jardins que vous m'envoyez et qui viennent enrichir mon (futur) diaporama ; j'en ai à ce jour plus de 60 !
Ma journée fut bien rythmée et je me suis même appliquée à afficher un petit emploi du temps journalier, toujours dans l'idée de me cadrer pour ne pas devenir une pauvre vieille, triste, esseulée, et molle. (J'ai enlevé moche car je trouvais que cela faisait un peu trop !) Donc pour temporaliser, comme je vous disais dans un numéro antérieur (devinez lequel ?) j'ai noté :
Séances de gym, courriers, rendez-vous téléphoniques et visites virtuelles spontanées, une louchette de cuisine, une touche de peinture, quelques coups de baguettes de batterie, quelques phrases de lecture, quelques traits de crayon en écritures, et le clap de fin de journée à 20 h, je ne m'ennuie réellement jamais !
Toutes ces tâches sont indiquées dans le désordre, avec des horaires aléatoires, je les fais à ma guise, lorsque cela me tente, du moment qu'en fin de journée j'ai un peu glané sur toutes les lignes d'action.
Je vais finir en vous faisant sourire, voire en vous décomplexant si vous vous retrouvez dans l'attitude que j'ai, avec tout ce qui vient de l'extérieur. Ainsi, je nettoie mes courses, je savonne mes bouteilles de jus de fruits, et

mes paquets de lentilles, bref je « psychote » comme on dit avec tout ce qui passerait ma porte, choses ou humain. Jusqu'à ce que j'adopte la solution la plus raisonnable dictée par mon chirurgien préféré : je laisse mon caddy et son contenant reposer quelques heures et, si je dois mettre quelque chose au frigo, je me lave les mains ensuite. C'est ainsi que j'ai cherché partout les carottes qui dormaient quelques heures, en fait depuis 2 jours dans mon caddy entreposé sur le balcon !
Je sais aussi que seul le savon détruit corona, parce qu'il dissout la couche de graisse dont il est entouré.
Je me suis aperçue également que le souci n'est pas de faire attention à ses mains mais réside dans le fait qu'on a essentiellement du mal à éviter de se toucher le visage.
Pas vous ? Bon, je ne vous apprends peut-être rien mais moi, ça fait baisser mon niveau de peur, du moment que je me lave les mains.
J'allais oublier de mentionner mes moments somptueux et si bénéfiques de jardinage : je peux faire durer 1 heure le temps que je donne à mes plantes. Je m'y mets lorsque le soleil a tourné le coin de l'immeuble et vient inonder mon balcon ouest de lumière et de chaleur.

Alors, j'arrose avec un arrosoir déguisé en bouteille, je sarcle avec une binette en forme de fourchette, et je dégage avec mes petites mains les muscaris fanés pour planter des capucines.
Mon platane toujours en toile de fond et le chant du merle toujours m'accompagnant.
Demain une nouvelle semaine démarre … Bon lundi !

A bientôt
Christine

Lundi 6 avril 2020 **J 21**

A me demande si je suis allée au jardin aujourd'hui… Lequel…Celui d'en bas de l'immeuble ? Non car je veux donner rendez-vous pour demain à mon amie C derrière la grille, elle va d'ailleurs avoir un appel de ma part pour cette rencontre …
Quant à mon jardin du balcon, j'y passe à chaque instant, entre deux activités de ma journée, en sus du petit travail bucolique que j'y opère…
Dans mon emploi du temps journalier de ce lundi, je n'ai quasi rien loupé : mes 2 quarts d'heures de gym, debout dans mon couloir avec des bouteilles d'eau en guise de poids improvisés, pour lever les bras ! Mes courriers, en réponse aux mails et aux messages ; ma louchette de cuisine en préparant un plat de lentilles jambon et salade verte ; une touche de peinture en commençant à dessiner au pastel mon platane ; quelques coups de baguettes de batterie en parvenant et réussissant :
1/ à brancher à ma batterie électronique, l'enceinte prêtée par un gentil voisin ;
2/ à jouer sur un morceau capté sur YouTube ;
3/ à enregistrer sur mon Smartphone… Z'avez-vu ça ? Ce confinement m'oblige à déployer des trésors de patience et à ouvrir bien grand mes neurones pour comprendre tous ces branchements et ces outils fabuleux, qui vont ainsi me permettre, je l'espère, de bénéficier de mes cours de batterie avec J, à distance. Cétipaboça ?
Un bref instant, arrêtons-nous sur la peinture et la musique. Je me doute que beaucoup, qui ne connaissent pas mon havre, se demandent comment c'est possible de faire tenir tout ça dans une seule pièce. Et bien, tout d'abord, j'ai installé une petite table de camping à côté de

ma table de cuisine repliée d'un côté, ce qui me suffit puisque je ne reçois personne. J'y ai mis mon chevalet de table et peux laisser mes travaux de peintures en place et y grattouiller des couleurs au passage. Quant à ma pièce, imaginez : le lit, les placards à droite, la baie vers l'ouest et mon fauteuil/salon, offrant l'accès au balcon, une étagère de livres et magazines, et en retour mon bureau et la batterie sous la 2ième fenêtre, qui baigne encore davantage la pièce de la lumière du sud...
Certes je n'y danse pas la java ! La journée s'est poursuivie avec quelques phrases de lecture, et quelques traits de crayon en écritures, en ce moment.
Je me dois de m'arrêter pour m'appesantir sur ce fameux rendez-vous café tous les deux jours avec mon amie T, au cours duquel nous échangeons des nouvelles entre Lyon et les bords de l'Ardèche...

Ce matin en effet, ce moment convivial et amical de bavardages a pris du galon : il est devenu le rendez-vous « kfé philo » !

Ainsi, je ne résiste pas à vous faire part de quelques fruits de nos réflexions, sur le confinement, le bouleversement de nos vies, confinés seuls et tous ensemble mais pas de la même manière ni dans les mêmes conditions. Chacun ou chacune étant doté d'un mental différent et pas toujours prêt, de par son expérience de vie, à encaisser et à dépasser cette menace invisible, collective... et nous nous sentons plus ou moins envahis.
De la sidération mardi 17, il y a près de 3 semaines déjà, nous sommes passés pour beaucoup par une impression surréaliste. En tout cas pour ma part j'ai eu la sensation d'être dans un film de science-fiction, surtout en milieu urbain, vidé, et de savoir la menace invisible, le virus

frappant n'importe où, n'importe qui… Nous confrontant à notre finitude, à la mort disons-le tout net.

Ma peur personnelle m'a vite rappelé mon expérience d'un passé récent, et j'ai déployé instinctivement mon arme favorite : vivre l'instant, le mieux possible.

Vivre ses affections, ses amitiés, ses amours, en les savourant comme s'ils étaient fragiles et allaient disparaître demain. Ne pas ruminer le passé (ou tenter de ne pas…) éviter des projections vers l'avenir car il est de fait incertain. En ce moment je me rends compte que, si j'aimerais bien mettre tout cela aux oubliettes, il n'en reste pas moins que je ne loupe plus grand-chose de la vie extérieure, puisque je suis confinée certes, mais les autres aussi, tous les autres en même temps que moi !
J'ai le sentiment d'avoir beaucoup appris de cette terrible expérience passée, au cours de multiples chemins intérieurs. Ces autres, avec qui je me délecte à communiquer (coucou, vous tous qui me lisez) et avec qui j'ai bien l'intention de vivre en vrai, de nouveaux moments partagés encore plus jouissifs après le confinement… excusez du peu ! Et nous avons parlé de ce fameux déconfinement : que sera-t-il ? Rien n'est prévisible, rien n'est imaginable, la seule chose certaine c'est qu'il ne nous est pas possible de faire ni un programme de vacances, ni des projets de voyages, ni des envies de déménager. Quant à moi, vendre ma propriété d'Ardèche et trouver un grand appart à Lyon, tout cela s'éloigne dans les nimbes d'un avenir encombré de brume, comme l'horizon d'une route d'automne.
Rien ne sera plus comme avant, mais comme dit je ne sais plus qui, c'est bien car, de toute façon, c'est peut-être bien avant qu'il y avait un problème.
Mais il nous reste les rêves !

Et cette période va modifier l'après. Nous sommes déstabilisés mais si rien n'est prévisible, tout est prometteur, tout devient possible ! Pourvu que nous restions confinés, prudents et que l'Amour puisse préserver tous ceux que nous aimons.

Christine

Et plus que jamais : « Vivre aujourd'hui, demain est un autre jour ».

Mardi 7 avril 2020 J 22

Vous avez dit 4ième semaine de confinement ? Mais déjà 3 semaines passées alors qu'on ne se pensait pas capable de les supporter… Alors bravement, j'ai renouvelé automatiquement votre abonnement aux J Mais je serai fâchée de vous avoir forcé la main et, s'il ne vous distrait guère ou s'il encombre vos boites mails archi pleines au point que vous manquiez de temps pour tout capter, faîtes-le moi savoir à votre manière.
Le ton grave de mon journal d'hier s'est adouci avec une scène amusante lors des claps de 20 heures.
Un chien promenant un monsieur (oui oui !) est passé dans la rue et de sa bonne tête brune (le chien pas le monsieur) campé sur ses pattes, se tournait alternativement vers nos fenêtres et balcons d'un air tout excité, et se tournant vers son maître ne sachant manifestement pas s'il fallait gronder ou aboyer de joie. Sa danse était hilarante et sa

participation manifeste, déclenchant des sourires aux fenêtres…

Ce matin, à mon réveil, je me suis aperçue que mon platane se pare très nettement de petites feuilles, faisant comme une légère brume vert pâle autour de ses branches majestueuses. Sa douce frondaison commence à masquer un immeuble juste de l'autre côté du carrefour. Je ne pourrai plus apercevoir ses fenêtres ouvertes le soir.

Je me dois de vous préciser que mon arbre n'est pas n'importe qui ! Il est classé « arbre remarquable » par la ville de Lyon et de fait protégé. Ces arbres, tous âgés de plus de 20 ans, sont répertoriés, et même s'ils sont plantés sur un terrain privé, ne peuvent être abattus.

Mon ton restera léger pour aborder le grand sujet du fleurissement spontané ou travaillé de vos jardins.

Ces réussites florales me parviennent de partout : de l'Ardèche à l'Isère, de la Corrèze à la Picardie, de la Champagne à la Normandie, de la Drôme ou de l'Ain au Val d'Oise, du Rhône à l'Eure et pour finir de la Tunisie au Québec !

Je me promène chez vous dans vos campagnes avec délice et envie, je l'avoue : mais immergeons-nous et…

Avec une once de démarche méditative, j'installe mon mental uniquement sur cette impression de délice.

Et si quelqu'un d'entre vous a été oublié dans ce tour d'horizon bucolique et participatif, signalez-vous à la rédaction !

Un micro évènement en fin de sieste ce jour : j'entends un vrombissement continu, un vacarme comme le moteur d'un engin… Je bondis, craignant que le chantier d'en face n'ait repris le travail (désolée pour ceux qui sont au chômage technique parmi vous) car cela briserait définitivement mes élans de rêveries au balcon. Non, je tends l'oreille et situe le bruit d'une tondeuse, plus loin, de

l'autre côté d'un muret car je devine qu'il y a un parterre au pied de cette résidence.
Et alors me prend à la gorge et aux tripes une envie folle de sentir l'odeur, ou plutôt le parfum de l'herbe coupée. Une nostalgie terrible des odeurs de la terre : l'herbe fraiche, les labours, mottes de terre humides et retournées, sous-bois feuillu, feuilles d'automne écrasées sous les pieds, odeurs mélangées de parfums de fleurs de fruitiers, blé doré au soleil, foin coupé... Et cela, rien ni personne ne peut me le communiquer ! Plus crûment qu'auparavant, du temps de l'avant corona, je n'ai perçu et senti un tel manque : mémoriser les odeurs pour pouvoir les partager.
Voilà un de nos sens qui ne peut se dire, se raconter, se communiquer...
Et j'évoque ma magnifique glycine du Clos des cerises qui doit être épanouie comme jamais, palissée le long de la terrasse, rejoignant le 1er étage à l'ouest, et dont le parfum des fleurs peut, les yeux fermés, faire s'arrêter les passants, devinant qu'ils sont devant chez moi au Clos des cerises... je suis triste de ne pas en profiter, la voir, la toucher, la humer et écouter les bruissements des butineurs sur les belles grappes charnues, d'un mauve clair en avril puis noyées dans le vert des feuilles qui apparaissent.
Mais comme dit MF et un proverbe asiatique : « la façade de ta maison ne t'appartient pas, elle appartient à celui qui passe dans la rue » ! Consolation...
Je ne résiste pas à terminer mes propos très ruraux par une remarque, peut-être plus citadine : Avez-vous remarqué qu'entre « solitaire » et « solidaire », seule une lettre les sépare, et nous le vivons ici à Lyon, et c'est bien bon.

A bientôt
Christine

« Vivre aujourd'hui, demain est un autre jour ».

Mercredi 8 avril 2020 J 23

Bon me voilà rassurée, ce coup de mou que j'ai ressenti en ce début de semaine (pas vous ?) serait tout à fait normal me dit S (et chic je ne suis pas la seule) le coup de mou des 3 semaines de confinement, parait-il.
Comment en est-on arrivés là, pourquoi suis-je moins tonique et entreprenante qu'il y a 3 jours ?
J'ai toujours aimé comprendre et, pour cela, analyser le phénomène et la situation qui s'offrent à moi.
Le matin de ce fameux mardi 17 mars, j'ouvre mon volet et je ne réalise pas bien, un silence comme un dimanche.
Je suis passée par une sensation d'être hors du temps, d'être en train de rêver, sans croire ce que je voyais et entendais : la France à l'arrêt, la ville vide et silencieuse, ma rue comme endormie, et juste quelques bruits des appartements voisins, des enfants qui occupent comme en toile de fond l'espace sonore restant, comme cela arrive les dimanches du temps d'avant corona.
Les jours suivants, le silence est installé. Je pioche quelques idées glanées pour m'occuper, un temps pour se créer un nouvel univers, de nouvelles tâches à accomplir, se remettre à la peinture, entamer enfin le livre acheté avec plaisir depuis longtemps mais qui attend vainement sur la table de nuit d'être ouvert…et enfin lu ; cuisiner des plats improbables pour se créer des surprises gustatives réconfortantes, ou ranger un placard négligé et débordant.
Puis, le temps de réagir, l'envie et l'idée de créer un rituel quotidien et d'écrire un « journal d'une confinée urbaine »
Il m'a fallu 4 jours pour me secouer et voilà pourquoi je commence seulement à J 5 ; n'est-ce pas C ? Toi qui me demandais les 4 premiers J, qui n'existent donc pas. Mais là, ça commence à bien faire tout de même !

J'ai envie de sonner la fin de la récré, de décréter la fin de la partie. La lassitude s'est installée insidieusement avec la peur toujours présente. L'élan n'y est plus trop, l'avenir est dans un grand flou. Il n'était déjà pas possible d'élaborer des projets de vacances ou de week-end à la campagne, l'avenir était déjà incertain mais on sentait bien qu'il y aurait un après. A l'aube de cette 4ième semaine, l'horizon semble s'obscurcir, on ne parle même plus d'avenir lointain, seul le futur immédiat nous occupe l'esprit.

Le déconfinement s'éloigne comme la ligne d'horizon s'estompe dans une brume qui s'exhale de la terre mouillée… Si on ajoute l'hypothèse de protéger les vieux, malades et fragiles ; comme dit mon amie A, nous, on a gagné le jackpot, nous serons les derniers déconfinés…

Fi de tous ces commentaires, idées, paramètres, solutions saugrenues, émises par des soi-disant savants qui ne sont spécialistes de rien, laissons venir et, comme dit Sénèque :

" La vie ce n'est pas d'attendre que l'orage passe, c'est d'apprendre à danser sous la pluie".

J'adore cette phrase quand bien même elle n'est peut-être pas à sa bonne place ici mais tant pis, je voulais la partager avec vous ce soir.

Mon « rdv kfé philo » avec T s'est tenu ce matin (super comme d'hab.) suivi d'une visite de mon amie C au travers de la grille du jardin de la résidence, puis ma sortie hebdomadaire en voiture pour rendre visite à mon chirurgien préféré (qui me trouve en bonne voie, quasi en remontée de forme) puis une visite inopinée par vidéo … de mon ami J de son village d'Ardèche. J'ai dû avant de décrocher réviser ma tenue, pour ne pas choquer par mon image. Puis un riche bavardage avec S. Cela me fait penser à ceux qui télé travaillent et sont parfois surpris par

la caméra qu'ils ont oublié de couper, et en se relevant, se révèlent plus légèrement vêtus en bas qu'en haut !
Ainsi de toutes ces vidéos, messages, blagounettes, textes choisis et diverses infos, censés nous informer ou nous distraire. Mais c'est sans compter ces liens amicaux pour échanger et partager des sélections de textes inspirants qui, eux, nourrissent avec gourmandise le lien, l'amour, l'amitié… il faut gérer tout cela et pour ma part, je me reconvertis allégrement en secrétaire, standardiste, écrivaine.
Je termine mes propos du jour par un épisode de vie quotidienne très « corona », simple voire simpliste… Mais la vie désormais est riche d'une succession de petits moments cocasses et de clins d'œil.
Avec mon amie C nous comparions le chemin depuis notre étage jusqu'au local où nous déposons nos poubelles ; nous ne prenons pas l'ascenseur pour éviter la confrontation avec un voisin imprévu, et le toucher de boutons, et nous en profitons ainsi pour faire un peu d'exercice physique pour ne pas confiner mou.
Mon amie A me dit même qu'elle se rajoute des étages parce qu'elle n'habite qu'au 3ième !
Comme à chaque fois, je ne sais pas au début ce que je vais avoir à vous dire puis je deviens bavarde, littéralement, littérature-ment.
Le jour s'achève merveilleusement avec le chant du merle dans mon platane…

A bientôt
Christine

« Vivre aujourd'hui, demain est un autre jour ».

Jeudi 9 avril 2020 **J 24**

Edition du soir… Espoir ! Et c'est cela qui nous fera tenir.
Quelques clins d'œil, un brin de poésie et une once d'amusement pour démarrer cette page : Depuis tous ces matins où je les ai guettés, j'ai enfin pu entendre tôt le camion des éboueurs vrombir au début de ma rue. J'ai alors bondi et me suis mise au balcon, les ai hélés pour leur faire un grand bravo. L'un d'eux a levé les yeux et son grand sourire a accompagné un superbe merci. La journée démarrait bien !
Peu de temps après je vois passer une nuée de bulles irisées dans le soleil et égayant mon balcon au passage, dans leur descente. Le temps que je me précipite et me penche, j'aperçois une petite fille à l'étage du dessus, qui envoie ses bulles de savon avec joie, des bulles pour la rue, des bulles dans le vent, qui me rappellent les jeux de mes enfants, de mes petits-enfants… Coucou tous mes chéris.
Un autre moment amusant de « vues de mon balcon » : un jeune homme confiné dans sa voiture, manifestement utilisée comme cabine téléphonique. Loin des oreilles de chez lui, il y est resté un bon moment avant de regagner son immeuble, en face. Et, au long de cette journée ordinaire, des bavardages « détente » ou des conversations plus sérieuses « on refait le monde » avec A, F ou M. Des courses ramenées par P ma jeune voisine du dessus, à laquelle j'ai demandé de se choisir pour elle, des chocolats de Pâques pour déguster dimanche ensemble, et à distance.
Oui dimanche c'est Pâques ! Fête de famille souvent, faite de joyeux partages qui étaient prévus il y a un mois encore

et dont le corona a éteint la lumière, en tout cas celle dans les yeux des enfants à la chasse aux œufs.
Alors j'ai également prévu (J8) des chocolats pour mes petits-enfants : Mathilde, Victor, Albert, Octave, Alice, Noumen, Umai, et Siham, nous allons inventer une découverte à distance par Wathsapp des œufs cachés dans mon petit home !... Histoire de ne pas rompre une tradition familiale et de marquer Pâques 2020 comme une belle fête malgré tout, transformée par une mauvaise aventure, mais qui va donner encore plus envie de profiter de la présence de ceux qu'on aime, de les toucher, les étreindre, de leur sourire de visu, bientôt...
A ce propos, dans mes échanges téléphoniques, nous avons devisé sur nos angoisses, inquiétudes ou désarroi, une certaine chute de moral, une énergie qui trébuche, une lassitude qui s'installe chez beaucoup d'entre nous.
Où que nous soyons, quelle que soit la forme de confinement choisi ou subi, de luxe ou précaire, il s'avère manifestement que nous ressentons tous un frein terrible à notre liberté de mouvement, une sensation de ne pas avoir fait de choix, une angoisse parfois paralysante devant l'inconnu, quand bien même le confinement apparait bon gré mal gré comme la seule solution de défense face à ce corona. Il me semble que le plus dur est de ne pouvoir faire de projet, même pas en étirant le calendrier, le plus tard n'ayant pas d'horizon, le déconfinement (mot inventé je crois) n'ayant pas de date.

« Bientôt » n'a plus de sens, « un jour » reste la réponse la plus raisonnable. Mais sans projet ne signifie pas sans espoir !

C'est cela qui doit nous faire vivre aujourd'hui, avec un corollaire qui est de profiter de l'instant présent. Chaque moment vécu en pleine conscience remplit le mental,

nourrit le moral qui n'a alors plus de place à laisser à la peur des lendemains inconnus.
Reste le souci des autres, vrai souci de l'injustice terrible entre les populations privilégiées et les publics fragiles, vulnérables, moins bien installés dans l'échelle sociale. Je suis personnellement sensible aux demandes et aux messages d'associations ou de collectifs, et, quand bien même nous pouvons en être submergés, il est indispensable d'apporter sa contribution. Il y a toujours mieux loti que soi, mais il y en a tant de plus mal lotis aussi...
Excusez ce propos un peu gris mais je suis réellement en désarroi lorsque j'imagine toutes ces familles confinées, renfermant entre eux leurs conflits, leur violence, leur sentiment de malheur. Mais les chaines de solidarités qui se créent partout me laissent ébahie, admirative, confiante en un autre avenir, meilleur, embelli de ces comportements prometteurs des demains qui chanteront de nouveau.
Chut, un instant je lâche mon écran…je sors : le merle chante ! Et me rappelle que le printemps lui, ne renonce pas et nous donne l'espoir du renouveau de la nature. Je sais que les poules de B sont fofolles et picorent vigoureusement, les abeilles de J ou de P sont hyper actives et rentrent à la ruche les pattes chargées de pollen, les jardins de C, A, T, D, J, V et j'en oublie, viennent fournir mon extraordinaire paysage virtuel, en cours d'aménagement … Je ne résiste pas à citer F qui, à l'écoute de mes mésaventures de santé et de ma vulnérabilité actuelle, me dit en souriant que :

« La mauvaise herbe repousse toujours » !
Je prends cela pour un compliment.

J'ai toujours adoré ces herbes folles ou sauvages, dîtes faussement mauvaises herbes.
Le jour s'achève … Vive demain !

A bientôt
Christine

« Vivre aujourd'hui, demain est un autre jour ».

Vendredi 10 avril 2020 J 25

« La vie est un cadeau dont je défais les ficelles chaque matin, au réveil » a dit C « Regardons devant, regardons le ciel, les fleurs, écoutons les oiseaux que l'on ré- entend....dans le silence » a écrit MF.
« Alors autorisons-nous parfois à être un peu plus d'humeur chagrine et à avoir l'énergie d'un spaghetti mou...
On a déjà prouvé que nous sommes des « warriors » donc je n'ai pas d'inquiétude sur la pêche qui va revenir » me murmure R une de mes sœurs de combat.
« Restons connectés au printemps pour ne pas perdre le fil de la vie ! » me dit V.

C'est ainsi que vous m'écrivez et j'ai un grand plaisir à vous laisser la plume pour entamer ce 25ième jour de confinement.

J'ai décidé en me réveillant ce matin, afin de positiver en vivant bien chaque instant en pleine conscience, de chercher (et de trouver obligatoirement) chaque jour, 3 petits faits, anecdotes, joies, ou images, délibérément positives. Ce sera à mon balcon, qui est le cœur de ma vie actuelle et pour quelque temps encore, des vues de la nature :

- Un bouquet de feuilles de pomme de terre pointe son nez entre les géraniums, vestige posé là l'an passé « pour voir » ce que cela donnerait.

- En caressant les feuilles de menthe le long de leurs tiges, ma main exhale un parfum délicieux qui, les yeux fermés, me transporte dans tous les coins que j'ai aimés dans mes jardins passés. En effet la menthe me suit partout, tant j'aime son allure, sa pousse soudaine qui annonce la chaleur d'un été, son goût, son odeur, son usage en cuisine ou pour faire le thé tunisien, n'est-ce pas F ?

- je vois quelques boutons groupés de fleurs de géranium prêts à s'ouvrir, demain, après-demain ?

Je vous suggère avec insistance mais avec bienveillance de faire ce petit exercice de positivation de votre humeur chaque jour, et de le noter.
M'en feriez-vous part ? Ce serait comme une gourmandise offerte, un délice à savourer et des pensées revigorantes pour vous-même d'abord et pour nous tous…
Nous sommes 60, en conversation autour de mon balcon… !
Je peux trouver encore un autre point positif : l'envoi au groupe « WhatsApp solidarité » de ma résidence, une demande pour aller au marché de producteurs (repéré sur FB) installé dès potron-minet dans une cour de notre rue

avec leurs produits frais et locaux. Anaïs (que je ne connaissais pas !) s'est proposée, elle y allait pour elle et m'a ramené gentiment un sac de fruits et légumes.
Ainsi je vais pouvoir réaliser les recettes simples et gourmandes que B élabore pour elle et m'envoie en photos, sur lesquelles je bave d'envie, et qui me donnent des idées de fameuses dégustations de plats équilibrés et savoureux.
Mais tout n'est pas toujours rose, je tiens manifestement comme beaucoup d'entre vous, sur un fragile équilibre. Il fallait ces épisodes sympas pour en oublier d'autres, qui ont failli me faire plonger dans la grisaille des mauvais jours : Des jeunes juchés sur des motos de cross sont passés dans ma rue, hurlant et klaxonnant tout à l'excitation de leur rodéo, faisant comme une offense à l'ambiance paisible et à cet air calme et tendre auquel nous commençons à nous habituer, confinés silencieux.

Le 2ième épisode fut, au reçu de photos d'une campagne explosant de couleurs, comme un mauvais coup au ventre, aux tripes, à l'idée sans doute, de ne pas voir passer le printemps au Clos des cerises. Le printemps ! Saison que je préfère, paysage riche, nourrissant, éclatant de couleurs et de vie.
Ce paysage du Clos que j'ai tant composé, aménagé, arboré, fleuri et aimé, depuis le temps où j'avais acheté ce pré pour y construire ma maison, pré seulement garni à l'époque de quelques arbres à sa lisière… J'ai eu à l'évocation de ces instants « l'énergie d'un spaghetti mou » comme dit R.
Mais la vue d'un gars en short, torse et pieds nus, assis au soleil sur la marche de l'entrée de l'immeuble d'en face m'a bien amusée. Alors, on se le fait Lyon plage ? Apercevant un parasol orange sur le balcon loin là-bas, tache de couleur vive égayant la façade pâle, j'ai eu l'idée

d'aller rechercher dans ma cave mon vieux parasol d'un bleu usé, mais parfait pour honorer mon petit balcon et prévoir de me créer un peu d'ombre pour des fins d'après-midis parfois trop chaudes.
C'est surtout la vue d'un parasol qui réjouit le paysage urbain en fond, et distille un air de vacances, et a fait d'ailleurs se lever les regards curieux de rares passants. Vous avez dit vacances ? Qu'est ce terme bizarre qui ne correspond à rien en ce moment ? Car vacances c'est la liberté de bouger, de ne rien faire mais uniquement dans des plages choisies, de partir ailleurs, n'importe où, ou de rester là et rencontrer et festoyer avec tel ou telle ou tels, et surtout se prendre dans les bras !

Se toucher, manifester son affection tout près, des gestes, des baisers, des accolades.
C'est fou ce que nous (pour beaucoup de solitaires en tout cas, dont moi) avons un besoin tactile de vivre nos élans d'affection.

La distanciation sociale est frustrante à plus d'un titre, d'autant plus que nous avons magnifiquement à notre disposition 5 sens, que chacun peut utiliser avec modération ou passion… 5 sens pour exprimer nos émotions, fabuleux moteurs de coloration de nos élans et de nos sentiments.

A bientôt
Christine

« Vivre aujourd'hui, demain est un autre jour ».

Samedi 11 avril 2020 **J 26**

Manifestement conquis par ma proposition, certains d'entre vous m'ont livré leurs anecdotes positives du jour et je m'empresse de vous en faire profiter, vous vous reconnaitrez…

« Un peu plus loin, en passant sous des arbres j'entends deux oiseaux qui conversent : l'un a une voix grave et l'autre une voix aiguë... je n'ai pas pu les apercevoir, mais leur langage m'a ravie !
L'odeur et le son étaient mes amis ce matin ».

« Tenons.......coûte que coûte. Pas facile de se projeter dans ces conditions et de garder la pêche, mais il le faut bien…
Il faut, comme tu l'écris si bien à la fin de chaque J, vivre aujourd'hui et on verra bien demain… »

« Il sera toujours temps de construire la suite du chemin après le confinement. En attendant : vitamines, ravinstara, bols d'airs & rêveries pour garder de la bonne énergie quoi qu'il arrive ! »
« Merci de ton rayon de soleil. Tu as une belle plume.... à chacun ses moyens.
« L'une de mes amies met en scène, chaque jour, son petit lapin : je t'envoie les 5 derniers clichés.
La délicieuse chaleur de fin d'après-midi sur le balcon…
Un très gentil mail de quelqu'un que j'aime bien et dont je n'avais pas de nouvelles depuis longtemps.
Les premières fraises (françaises) que j'ai pu acheter… La livraison vespérale fidèle du journal de mon amie C. »

Donc, finalement, la nature et les relations avec les autres… Et même en ces moments difficiles, la nature et les autres sont là !
« Confiance, confiance, confiance !!! »

Et je garde pour la fin, la meilleure remarque, de ma sœur Béa : « Bonne idée la découverte des œufs par Wathsapp ! Au moins, il nous en restera » En effet, j'ai convenu ce matin avec mes filles d'accueillir virtuellement ainsi mes petits enfants pour faire la chasse aux œufs à distance chez moi à Lyon, et ils guideront mon Smartphone pour rechercher les cachettes par la vidéo : un œuf trouvé = un œuf donné de ma part à l'autre bout… du fil ! Les cloches faisant alors un voyage fulgurant entre moi et eux… surtout avec le Québec !
Je ne sais pas si je me fais bien comprendre mais je sais surtout que cela apaisera pour moi un instant, ce sentiment terrible de solitude en ce jour de fête, ensoleillé, printanier, qui aurait dû être un temps fort de partages d'affections et d'embrassades… Ces embrassades dont on nous dit qu'il faut en ce moment les éviter.

Et une sensation bizarre me tenaille : le besoin impérieux de relations avec les autres alors que, en ce moment, les autres peuvent être le danger, dingue non ?

Mais j'allais oublier mes 3 points positifs du jour :
La découverte d'un petit oiseau inconnu venu subrepticement picorer mes jardinières à mon lever… de volet ;
La vue de pucerons attaquant en règle une plante, voilà la biodiversité et la vraie campagne qui arrivent en pleine ville, gêneurs hier, signe de vie aujourd'hui, un comble ! Comme quoi tout est une question de regard et de priorité, de nécessité.

Enfin, un bavardage inopiné à 3, entre ma voisine du dessus (mais je me tordais le cou pour l'apercevoir penchée à son balcon) un voisin en bas devant l'immeuble, et moi. Lorsque les échanges ont commencé à noircir l'avenir avec des prévisions supposées de confinement jusque fin mai, horreur, j'ai quitté mon balcon !
Et je me suis demandé : ce serait comment si je devais rester là encore 6 semaines… et comment résister et vivre l'insupportable !? Non, restons-en à l'image du gros chien brun de l'autre soir, revenu sous nos fenêtres hier soir et qui sautait sous nos claps de 20 heures : quelle énergie et quelle joie de vivre !
Et le jour s'est achevé joliment en cette conversation rieuse avec mon amie C, lyonnaise comme moi, et nos questionnements saugrenus : Qu'est-ce que tu fais à Pâques ? (comme si on pouvait faire quelque chose d'autre que d'être confinées)…J'aimerais bien passer un dimanche tranquille (ah bon parce que les autres jours sont très agités ?) C'est mieux que ce soit le printemps pour être confinées (comme si on avait eu le choix) !

Le printemps explose, la nature est en ébullition, la sève monte…Il n'y a vraiment que la sève qui s'éclate…
Et moi pendant cet échange téléphonique détendu et détendant, je tentais de bronzer mes gambettes sur mon balcon mais… zut, je vais bronzer rayée avec l'ombre de la rambarde sur mes jambes !

A bientôt
Christine

Plus que jamais, chacun chez soi mais ensemble ;
« Vivre aujourd'hui, demain est un autre jour ».

Dimanche 12 avril 2020 **J 27**

Un printemps qui n'a jamais été aussi flamboyant et odorant, ou alors ce serait notre regard qui change et s'applique à mieux voir ce que j'aime à nommer les plaisirs minuscules ? Et un jour de Pâques évidemment surréaliste, que l'on tente de teinter de partages joyeux à distance, comme ce que je vous narrerai plus loin de ma chasse aux œufs avec la Corrèze et le Québec !
Je vous donne tout d'abord en partage vos paroles, positives :

« Choses positives, hier quelque chose me pousse à faire des petits gâteaux....avec des pépites....J'en ai donné à 3 voisins, seuls....Très appréciés ....nous maintenons des liens....isolément et solitude au quotidien pour ces 3 voisins...nous veillons. Pire en ces jours....Il faut attaquer cette 2ième période de confinement. Moment présent, moment merveilleux....répétons nous cela ».

« Difficile de voir les 3 moments positifs… Mais, ce matin, je me suis réveillée à 5 heures et j'ai pu savourer un moment exceptionnel : un merveilleux concert de tous les oiseaux de la ville, sans aucun autre bruit… Aujourd'hui, tout va aller bien ! Merci pour ton rayon de soleil quotidien !
Tu nous raconteras la chasse aux œufs par WhatsApp… »
« J'espère une très bonne chasse à l'œuf avec tes petits enfants mais demain vérifie, il doit en rester encore cachés dans la pantoufle.
Bisous d une confinée ardéchoise. Bon à ce soir pour J 27 avec la chasse aux œufs, j'ai hâte... »

Alors je les avais bien préparées ces chasses aux œufs à distance : rangement de ma pièce, trouver des cachettes, être au point avec mon Smartphone et… C'est parti !
Ce fut une vraie réussite, et si l'un se trompait, on passait au suivant. Lorsque l'œuf était trouvé, je le lançais symboliquement en l'air et… hop, un autre apparaissait à Montréal ou à Lagraulière, à la vitesse d'un supersonique !
On a bien ri et j'étais ravie de mes cachettes pas si faciles (par exemple dans le creux de l'abat-jour retourné de ma lampe de chevet, dur dur !) ou alors entre les écouteurs de mon casque de batterie !
Ce furent des élans d'affection, des embrassades virtuelles mais visuelles, des bisous qui volent, des bouffées de bonheur réconfortantes pour moi, dans cette solitude qui pèse vraiment de plus en plus lourd.
Et puis il y a eu le « kfé » avec T (pas très philo cette fois par manque de temps), les apéros- WhatsApp avec C, avec A, … Et tous ces petits messages encore plus festifs et amusants que d'habitude, avec des dessins d'œufs de Pâques colorés mais masqués, des vidéos de poussins en train d'éclore… une humeur de renouveau et d'espoir en dépit de…
Et puis B qui m'envoie des vues somptueuses de mon Clos des cerises, entre rosier éclatant de jaune, le lilas parfumé (je l'ai senti oui ! car je le connais si bien, je l'ai planté, l'ai vu grandir et s'épanouir…) la glycine somptueuse avec ses grappes gracieuses, cerisiers et… rassurez-vous, elle habite tout près de chez moi, elle ne s'est pas tant déconfinée pour y aller.
Merci B de ta veille sur mon Clos des cerises.
Et ce soir un apéro bavard avec mes sœurs Béa et Bri, cela nous a donné l'occasion de tester WhatsApp vidéo en groupe. Super, à refaire !
Tôt ce matin, le couple de merles a virevolté longuement devant le grand espace laissé vide du chantier devant chez

moi, sautillant dans la terre fraiche au pied du platane, faisant encore des arabesques dans le ciel bleu comme le trait d'un pinceau magique qui m'emporte dans un rêve.
Bigre, ils vont me décider à ne plus trainer au lit, afin de les voir dès potron minet !
Et un mini cours d'instruments de musique saisi à France inter, donné par Yehudi Menuhin : sons purs, merveilleux… explications du doigté, de la touche, avec un art subtil et que j'ai écoutées ce matin, avec ravissement. Je me suis arrêtée et ai retenu mon souffle pour entendre cette leçon délicate et passionnée.
Le déconfinement n'est pas du tout d'actualité et les délais planent confusément dans un brouillard noir. Alors lorsque le spleen me gagne, je me redis désormais la phrase d'Henri Bergson : « L'avenir n'est pas ce qu'il va arriver, mais ce que nous allons en faire ».
Enfin, merci infiniment à R qui, dans les difficultés du moment, et la mémoire de moments passés très durs, me donne en cadeau de co-confinée en combat, les paroles de Bob Marley :

« Tu ne sais jamais à quel point tu es fort jusqu'au jour où être fort reste la seule option ».

A bientôt
Christine

« Vivre aujourd'hui, demain est un autre jour ».
Excusez ce P.S d'humeur : je fulmine lorsque j'entends « l'industrie est en danger, il faut relancer et que les gens travaillent plus » ; Ah bon, la santé et la vie de millions de gens ne sont pas en danger actuellement ?

Lundi 13 avril 2020 J 28

Mes chers lecteurs et chères lectrices s'expriment :

MF : « Soyons attentifs aux petits bonheurs du quotidien, qui arrivent, que l'on se crée. Emmagasinons-les pour les mettre en mémoire et les rappeler pour illuminer notre quotidien qui est variable en ces jours.
C : Nous aussi, avons goûté la joie d'un petit apéro wathsapp. Nous avons une petite Apolline qui nous a proposé un jeu de mimes à distance.
F : C'est compliqué, des hauts et des bas, et l'envie de l'après.
V : Moi ma philosophie de Vie, c'est que chaque soir tu dois pouvoir te dire que la journée a été belle ! Pour un mot, un geste, un signe donné ou reçu ».

Et, pour égayer ce lundi, rendu fatidique par les futures annonces du soir, je vous livre ce qui pourrait me concerner, un communiqué du syndicat national des psychiatres « Chers concitoyens, étant donné que nous sommes inondés d'appels, nous vous informons que durant la période de quarantaine, il est tout à fait normal de parler aux murs, plantes et autres pots. Veuillez nous contacter uniquement s'ils vous répondent ».
J'adore !

En l'espèce, c'est encore des vues de mon balcon et la nature en émoi qui m'inspirent aujourd'hui en points positifs : un babillage d'enfant dans la rue si silencieuse, le bref échange qui s'ensuivit, et le coucou de la main, délicieux… Le choix que j'ai dû faire devant les pucerons que je louais la veille mais devenus gêneurs sur les cinq

boutons de rose apparus soudainement… Un revirement d'opinion de ma part concernant les pigeons qui auparavant envahissaient salement (dans tous les sens du terme) la bordure du toit d'en face, me deviennent une des espèces d'oiseaux que j'aime écouter désormais parmi les autres.
Tous ces chants m'enchantent, me tiennent vivante et entretiennent ma joie de vivre parfois défaillante, formant comme un concert à différentes voix, avec des moments de silence, des gazouillis, des cris, des roucoulements…

Et enfin (mais cela fait 4 !) un dernier petit bonheur : une bonne odeur de grillé flottant dans l'air au moment du repas me donnant l'envie de cuisiner, une odeur tellement rare ! Comparé au temps où humer à sa fenêtre était de l'ordre d'une fantaisie aussi bizarre que saugrenue, tant l'odeur poussiéreuse de la rue était désagréablement mêlée de relent de pots d'échappement…
Et encore (cela fait 5 !) cette scène d'un petit bout de chou de 2 ans à peine, jouant près de son père dans la terre sablonneuse du chantier d'en face, passant ses mains au travers des barrières pour attraper quelques cailloux, les reversant dans un trou, et recommençant inlassablement.
Et le clou ! Il a découvert que cela faisait beaucoup de bruit de secouer les grilles de protection en bordure de trottoir. Papa a dû le calmer puis, le faisant escalader la dite grille, a déclenché chez son petit garçon (ah, peut-être était-ce une fille après tout, zut, pas pu voir de près) des éclats de rires délicats, résonnant comme une musique en cascade. Il faut bien trouver une alternative aux squares de jeux tous fermés à Lyon, pauvres parents et pauvres pitchounes en ces temps d'enfermement en appartements !
L'emploi du temps du jour, mine de rien, fut respecté : les 2 séances de gym, le courrier, la sieste, les temps créatifs,

lecture, jardinage… Tiens un ralentissement sur les visites téléphoniques ? Je me rattraperai demain.
La journée s'est étirée mollement, un temps mi soleil mi ombre, un ciel hésitant, moutonnant au loin en ondulations d'un doux gris bleu. Je savoure cet instant de poésie avant la déclaration télévisuelle de 20h 03 (il faut tout de même nous laisser d'abord applaudir) déclaration que tous les médias et les bavards inconséquents ont déjà commentée, essentiellement en négatif, avant de l'avoir entendue.
Face à un confinement jusque J 50 …J 60… Je n'ose imaginer les trésors d'imagination qu'il va me falloir pour tenir car, je vous le dis, quoi qu'il en soit, ce J m'est tellement bénéfique que je tiendrais, chers amis, coûte que coûte !!! Mais comme dit mon amie AM qui fait aussi un journal quotidien… je m'arrêterai à 3 chiffres.
Ce J va sortir avant le 20 h fatidique afin que je ne sois pas tentée d'en faire quelques commentaires… Qui ne tiendraient pas dans mon format d'édition.

A demain !
Christine

« Vivre aujourd'hui, demain est un autre jour ».

« Tu ne sais jamais à quel point tu es fort jusqu'au jour où être fort reste la seule option ».

Mardi 14 avril 2020 **J 29**

Le discours de 20 h est passé depuis l'édition du J 28… et c'était le jour du « kfé philo » ce matin avec mon amie T. Alors, vous imaginez l'abondance de nos sujets d'échanges, entre scepticisme et inquiétudes, entre espoir et craintes, entre réponses et questions. Mais ce qui est certain, c'est une espèce de soulagement d'avoir une date (d'accord pas une fin mais un objectif, subtile précision) ce qui fait dire à T « Au moins, il y a de l'après ! ».
Certes, il est possible de se projeter un peu avec des soubresauts dans les perspectives, des hésitations dans les programmes de vacances, de virées, de déplacements, ou simplement de sorties de chez soi.
Je vous passe les grandes interrogations avec mes acolytes seniors : à quel âge est-on considéré comme un vieux « à protéger » ? Donc à confiner, encore, et pour combien de temps. Qu'est-ce qu'un senior de surcroît fragile, qui serait donc confinée (oui j'ai mis au féminin intentionnellement…) encore, et condamnée à voir tous les déconfinés sortir et vaquer sous ses yeux… et au pied de son balcon !
Et finalement, la peur du déconfinement ne l'emporterait-elle pas sur un vécu de confinés habitués à leurs nouvelles routines ? Nourris de leurs belles découvertes de solidarités et de nouvelles rencontres improbables… mais aussi, hélas pétris de peurs voire d'angoisses devant ce contexte pandémique ahurissant et cette atmosphère dangereuse dans tous les sens du terme, sans compter la peur pour tous ceux qu'on aime. « Il faut voir le meilleur dans le pire.... » Me dit C.

Alors, conservons comme un capital pour nourrir un avenir incertain, les aspects positifs indéniables.

Des élans de solidarité entre inconnus d'hier… des visites téléphoniques avec des amis disparus depuis trop longtemps de nos projets… le retour à l'essentiel (essence, sens et ciel… moi, j'aime l'écrire ainsi) … les remises en questions salutaires de certains aspects de nos modes de vie… des coups de freins brutaux venant interroger nos journées apparemment surbookées ou survoltées, ou les deux… une obligation parfois douloureuse de vivre des moments de solitude face à soi-même… des découvertes du ralentissement, de la méditation, de la spiritualité… des instants de silence sans chercher à fuir en remplissant d'activités et de sorties… une évaluation de la qualité et de la quantité de nos engagements…
Personnellement, je revis depuis 4 semaines, avec surprise mais sans plaisir, les suites passées de la maladie, de mes diverses hospitalisations, et des périodes récentes de convalescence, comme un « replay ».
Me sentir envahie, sous pression, percluse de sensations d'isolement et d'empêchements physiques. Le mental ayant été heureusement en appui et en bienveillance, nourri de tous les liens tissés vers et autour de moi.

Actuellement, je suis confinée (plutôt en forme pour cette fois, dommage car je me sens l'en-Vie d'être active) mais je suis comme tout le monde ! Et donc avec une envie énorme de nous relier tous et c'est là que se loge insidieusement mais délicieusement le bonheur de faire ce journal. Je ne ressens pas la frustration de voir le monde tourner sans moi comme auparavant, puisque tout est à l'arrêt, sensation étrange et douce.

Finalement j'ai l'impression d'avoir beaucoup appris de l'avant pour vivre ce pendant...Nous verrons l'après !?

Et ma sœur Clo m'écrit : « Nous voilà enfin avec une ligne d'horizon... le 11 mai : tenons et restons tous raisonnables. Cela fera des J moins et non plus des J plus !!! » Effectivement, je vous parlais hier des J 50 ou J 60 : J'ai calculé, je suis engagée jusqu'à la rédaction exactement du J 55.
Mais bon sang, j'entends du coin de l'oreille le début d'un débat sur les seniors (sans fin je le devine, chacun y allant de son hypothèse sur l'été et la découverte d'un vaccin !) Devrais-je faire des éditions spéciales pour tous les « septua-minima » et plus confinés jusqu'à.... Pouah ! Zut ! Aïe !
Afin de dissiper cette perspective diabolique je fais un tour au balcon et je m'extasie (naïvement certes mais cela me tient vivante, savez-vous !) devant 3 tiges de géranium légèrement colorées de rose. Tandis que les bourgeons de rosier se devinent d'un rouge vif, j'admire les pousses émergeant de vieilles graines de courge mises là au hasard dans un pot nu, il y a à peine 4 jours.

Vive la Nature !

A demain !
Christine

« Vivre aujourd'hui, demain est un autre jour ».

Mercredi 15 avril 2020 J 30

Je vous laisse la parole… Vous la prenez si bien ! MF : « On tient....tenons....on l'aura ce virus... Il est possible que l'épidémie disparaisse avec le printemps, au printemps, progressivement....On ne demande qu'à le croire. Le printemps est là, oui, fleurs.....lilas chez nous éclos en 2 jours. Grand ménage ce matin pour sentir l'odeur du pin des landes, le propre cela fait du bien ».

C : « Pour ma part je vis bien ce confinement. Je crois qu'il est arrivé à point nommé dans ma vie. Je m'estime privilégiée, je ne vis pas ce drame que des milliers de personnes vivent. Les jours passent et ne se ressemblent pas. Je suis dans le moment présent. Je me reconnecte à mes besoins et mes envies.
Le soleil nous accompagne, la nature se rappelle à nous ».

A : « On prend le temps d'observer, de voir les choses autrement, de vivre plus calmement... et on verra demain ! Il est vrai qu'en ce moment, on a du temps de libre avec le confinement qui va encore durer ».

A (2) : Prendre la vie comme elle se présente et en apprécier les bons moments.
Quand les « vieux » seront-ils déconfinés ; Et d'abord, quand est-on « vieux » ? Vaste question…
Parlons de choses agréables : mes petites perles de rosée quotidiennes. Visite de ma fille venue déjeuner, en forme et toujours aussi active et attentive. Mon citronnier Yuzu qui végétait depuis plus d'un an sur le balcon est en train de se couvrir de boutons de fleurs. D'ici quelques jours, avec les fleurs il y aura le parfum ! Souvenirs de bouffées

de parfum d'orangers en fleurs en Algérie, le long des routes... Premier bain de soleil en maillot de bain sur le balcon, au milieu de capucines en fleurs. Soleil chaud mais pas trop. Un délice. Et la prévision de la livraison du journal du soir de mon amie C ».

Merci A de ces jolis propos et du dernier qui, avec ton impatience à me lire (et de fait à te lire ici, surprise !) me fait chaud au cœur.
A mon tour de poursuivre ces points positifs et si tu veux bien A, de les nommer désormais :
« ***Mes petites perles de rosée quotidiennes*** » une phrase délicieusement poétique, merci de ce cadeau !

Nous avons, mon amie C et moi, poursuivi les cours de jardinage à distance et aussi derrière la grille du jardin de la résidence, rappelez-vous... J'avais mis dans un pot plein de terre apparemment moche et nue, une poignée de graines de courge conservées depuis je ne sais combien de temps mais bien rangées dans un coin. J'y croyais juste un peu mais mes espoirs ont été dépassés par cette surprise délicate comme seule la nature sait en prodiguer : à peine 3 jours plus tard, plein de petits brins jaunes émergent des petites coques sèches, pointant un bout de vert foncé vers le ciel. Ils se déploient depuis quasi à vue d'œil au soleil de mon balcon, havre de ces petits tours de magie champêtre. L'histoire dira si des courges peuvent murir sur un balcon, en s'accrochant à la rambarde, ce serait bien original, ça me plaît !
Je vais peut-être faire des émules en jardinage parmi mes voisins : j'ai échangé avec P qui me ramenait mes courses, et qui n'a pas encore eu l'occasion d'aménager son grand balcon depuis son récent emménagement. Et avec T qui a envie d'exprimer ses envies de terroir et de fouiner la terre avec ses mains en se remémorant son enfance, ou F qui

veut faire un coin potager participatif dans un coin du jardin de la résidence… De voisin en voisine, de réseau social en lettre d'information de la mairie, me voilà, quoique confinée, devenue pro de tout ce qu'il faut savoir pour se procurer du terreau, des graines ou des plantes potagères, en plein cœur de la ville de Lyon ! Et au passage que de chouettes rencontres.
Amis qui me lisez de tous les coins de France, du Québec et de la Tunisie, vous êtes certes majoritaires à avoir une maison avec un jardin, et mon propos peut vous faire sourire, souriez c'est bon pour la santé ! Mais je découvre (moi qui viens tout de même de ma campagne ardéchoise) que la nature en grande ville de surcroît en confinement, ce n'est pas si simple de la laisser vivre et de la favoriser !
Je dois dire que tous vos envois, tous ces partages de vos jardins qui n'ont peut-être jamais eu la chance d'avoir autant votre attention, toutes ces vues de campagne verdoyante et fleurie qui font votre environnement, m'enchantent vraiment.
Je découvre que le plaisir de les contempler peut égaler (avec un petit effort malgré tout) la frustration de ne pas les côtoyer, les toucher ou les sentir…
Ce J fut plein de nature, de fleurs, et de printemps qui jaillit, en dépit du confinement, ce qui d'ailleurs rend celui-ci nettement plus doux. Une dernière recommandation à chacune et chacun d'entre vous :
Prenez grand soin de vous car vous êtes la personne la mieux placée pour le faire. Je vous embrasse…

A demain !
Christine

« Vivre aujourd'hui, demain est un autre jour ».

Jeudi 16 avril 2020 **J 31**

Pardonnez-moi juste un instant : le chant du merle m'a littéralement aspirée sur le balcon. Il est perché sur l'une des hautes branches du platane, taillée à mi-longueur il y a peu et non encore tout à fait feuillue, il se détache bien sur le fond de ciel pâle du soir, on dirait qu'il appelle sa compagne que je ne vois plus depuis 2 jours… Affaire à suivre. Je reviens, prête à vous narrer « mes petites perles de rosée quotidiennes ».
V me parlait d'un livre qu'elle lisait et qui tombait à point nommé dans sa vie, j'ai cru comprendre qu'elle me le conseillait. Quelle ne fut pas ma surprise en allant voir si d'aventure j'avais du courrier, mais aussi histoire de faire de l'exercice dans ma cage d'escalier… de trouver un carton déposé là par une voisine, avec des livres, des DVD et noté « servez-vous, je donne » !
Le film tiré du livre de V s'y trouvait, t'entends ça V ? Quel merveilleux hasard, je l'ai emporté et vais le visionner, et t'en reparler.

Mais au fait, le hasard existe-t-il ? Les apparents hasards ne sont-ils pas des opportunités offertes à notre regard si tant est que nous entretenions une curiosité insatiable des autres, et de notre environnement ?

Il en va du hasard comme de la chance, existe, n'existe pas ? Je ne vais pas en débattre ici, pas la place mais surtout pas de partenaires de discussion : pas marrant de lancer une question sans avoir du répondant de visu, cela aussi manque terriblement en ces temps de corona…
Mon amie C m'a apporté de la terre et des graines obtenues presque de haute lutte, dans un magasin de

bricolage en drive. En effet, rien que pour commander sur internet, il y avait tant de connectés qu'elle a dû attendre 30 minutes pour voir apparaître sur son écran un bon de commande ! Nous avons bavardé (à bonne distanciation sociale) au soleil devant l'immeuble, et je vais demain avoir le grand plaisir de refaire des pots de plantations variées qui vont envahir allègrement mon jardin balconnier (mot inventé que je décide d'inclure dans mon dico personnel). Et j'ai eu ainsi l'occasion de croiser un habitant du 4ième qui ramenait des paniers de légumes, et nous nous sommes donné mutuellement les trucs et astuces pour acheter à des producteurs locaux. Et nous nous sommes réjouis de faire autant de connaissances avec ceux de l'immeuble que nous ne croisions jamais auparavant, évidemment beaucoup étaient au travail en journée. Jamais depuis que j'habite ici, je n'ai autant croisé de monde et fait autant de chouettes connaissances.
Le confinement « ensemble » nous a permis de nous connaitre, d'échanger, de créer des collaborations, des initiatives solidaires, c'est super et cela ne s'éteindra pas, je crois. C'est ma petite consolation à ne pas être confinée à la campagne.

Un grand espace et un jardin au vert ou un petit 30 m2 entouré de voisins solidaires : Le corona a choisi pour moi mais finalement j'apprends à apprécier ce qui m'a été imposé par les circonstances.

Je me suis lancée aujourd'hui dans une lessive, jusque là rien que de banal, si ce n'est la façon habituellement saugrenue de faire sécher son linge entre le canapé-lit et le bureau… Mais j'ai eu envie d'installer mon étendoir sur le balcon, sans crainte des poussières de la rue. Et je me suis imaginée dans ma campagne, étendant le linge sur les longues rambardes de ma terrasse, le vent venant faire

claquer les draps, le soleil me chauffant le visage et mon regard se portant vers l'étendue verdoyante de l'herbe de printemps, et plus loin vers le noyer et les chênes dont les feuilles pointent doucement.
Le vent et le soleil d'ici ont aidé, avec le silence environnant, à porter mon imagination par delà le cadre urbain… Ce fut un bon et beau moment en imagination, un tout petit voyage plein de sens… et de sens.
Et le grand débat (amorcé ici dans le J 29) se poursuit, ne fait même que commencer autour des seniors confinés : protection ou punition ? On entend, il faut déconfiner nos aînés, mais on est toujours l'aîné de quelqu'un, et à quel âge passe- t- on de senior à vrai vieux ?
Mais il n'y a pas que des personnes âgées seules, en état de mort sociale comme ils disent, qui ont besoin de parler à quelqu'un ! Il y a beaucoup plus de seniors qui auraient juste envie de renouer les relations familiales et sociales, de prendre leurs petits-enfants dans les bras, d'embrasser leurs amis, leurs amies, de faire un câlin aux tout petits. Et de récupérer simplement une liberté de mouvement, avec toutes les prudences imaginables mais surtout … libres d'aller et venir !
Moi je retiens une remarque pertinente : si on nous empêche de sortir de chez nous, nous les vieux pas si vieux… Cela ne relève-t-il pas de discrimination par l'âge, donc illégal ?

A demain ! Où je vous narrerai quelques bribes de notre « kfé philopsy » de ce matin, entre T et moi… une merveille d'échanges…

Christine
« Vivre aujourd'hui, demain est un autre jour ».

Vendredi 17 avril 2020 J 32

La parole est aux lecteurs, en l'occurrence lectrices !

V : « Tes J accueillent ceux des autres, c'est important d'avoir un espace-temps où se retrouver virtuellement à plusieurs ».

MF : « Tu deviens un rendez-vous quotidien… Merci pour tes messages revigorants, pleins de nature, Nature est un doux guide....disait Montaigne. Phrases prises dans mes lectures hier : Il faut aimer la vie plutôt que le sens de la vie. Soyez forts de l'intérieur. La joie c'est se vaincre soi-même. Lilas en fleurs en trois jours, je hume ...Belle journée ! Tenons. On se tient les uns les autres. Ce matin j'ai planté de la lavande, plutôt transplantée, on verra bien. Je vais surveiller tous les jours, temps retrouvé ! »

B : « Le merle adore chanter, perché, à la tombée du jour : même pas peur ! Et si tu ne vois pas la merlette, c'est que Madame couve... et Monsieur le raconte au monde entier ! »

J : « le bruit de la tondeuse de mon voisin … et je me surprends à me réjouir de sa vitalité, plutôt que de m'agacer du bruit comme je l'aurais fait il y a quelque temps ! Effectivement, le confinement nous permet de réévaluer ces moments quotidiens et de transformer l'agacement en joie… quelle chance quand on y arrive ! »

Et le propos amusant quoique tristounet, et qui fait un écho à la fin de mon J 31 :

« On verra si on est seniors, vieux, fragiles, vulnérables, co-morbides, mot affreux, personnes âgées, personne du grand âge.
Demain je fais ma teinture.....je loue mon coiffeur ! »

Aujourd'hui c'est la veille du week-end ! Même si ce mot n'a plus grand sens désormais, cela me permet de rester dans le rythme de la vie presque normale. Il y a vraiment des moments où je ne sais même plus quel jour nous sommes, et je sais que beaucoup sont aussi paumés que moi, heureusement, mon J me le rappelle.
Quelques bribes promises sur notre « kfé philopsy » moment désormais nommé ainsi entre T et moi : Nous avons devisé sur l'impact du confinement et de l'absence de liberté de mouvement, sur notre état d'esprit au fil des jours. Ainsi de sa mère âgée qui semble s'enfoncer dans une certaine tristesse, sans motivation et sans envie, et ce malgré ses circonstances de confinement plutôt favorables. Nos échanges et spéculations ou suppositions nous ont amenées à cette évidence : le confinement et toutes ces obligations déguisées en recommandations enlèvent à une personne volontaire, qui a de surcroît mené toute sa vie avec un certain esprit de révolte, le sentiment de faire ses propres choix de vie ! Les conseils et les idées donnés par un autre, peuvent être vécus encore comme un consentement forcé, une obligation, un assentiment à ce qui est institué…
Et lui demander ce dont elle a envie, en dépit de tout ce qu'on lui suggère, ouvrirait-il la voie à un regain d'énergie ? … Et la laisser exprimer ses rêves, fous de préférence, pour se projeter dans ce qu'elle fera « après » ne lui ferait-il pas ressentir l'espoir ?

Ce carburant essentiel au moteur de l'envie, pour rester en-Vie… C'est ce que nous devons nous souhaiter tous.

Plus légèrement, voici ***« mes petites perles de rosée quotidiennes » :***
Au reçu d'une très belle vue en photo du jardin de F, un arbuste jaune flamboyant cachant à peine une chaise longue… Je me vois m'y installer, mollement, doucement, pour jouir du spectacle de ses floraisons et humer leurs senteurs. F me dit « quand tu veux » ! Avant de pouvoir, j'y suis déjà de cœur et d'esprit…
Ma jeune voisine A me ramène un plein panier de légumes de producteurs locaux, installés ce matin dans la cour d'à côté, marché provisoire très prisé dans le quartier… Je lave mes épinards et les fais cuire dans ma cocotte. J'adore l'odeur des épinards frais qui frétillent à la cuisson, un vrai petit bonheur odorant et gustatif.
Enfin, j'ai complètement remanié et organisé mon balcon et mes plantations : tout nu, il fait quand même 3 mètres carrés 50 ! Alignement des pots en long, sans gêner l'emplacement de mes 2 chaises ; tris de graines sur ma petite table accrochée en bordure de rambarde (comme cela je gagne de la place au sol) ; préparation des pots et de la terre pour les plants à venir ; semis de capucines, persil, radis, coriandre, concombre ; nettoyage et sarclage à la fourchette des pots déjà en floraisons ; arrosage du tout. Les mains dans la terre, égrener les petites mottes, arroser délicatement le tout en admirant au passage les géraniums éclos, tout roses ! Et le rosier teinté de rouge…
Ce ne sont pas des petits plaisirs, non, mais des grands moments intenses de bonheur dans le présent au soleil, et à mon balcon, et confinée alors joyeusement dans mon 30 m2 !

A demain
Christine
« Vivre aujourd'hui, demain est un autre jour ».

Samedi 18 avril 2020 **J 33**

Lorsque JP m'écrit à propos de masque : « Quelle élégance, quel charme, ce bel objet de haute couture ... mais les rides ... même pas cachées. Ô ! Désespoir, surprise funeste il paraît que je suis vieux et fragile. Bon. Concédons ce dernier aspect sans fanfaronnade ... Un petit espoir à l'horizon du 11 mai ».
Alors je souris et t'imagine bien, très déçu JP, car ta carte d'identité ne pourra pas mentir, même si tu soignes ton look de septua. (Clin d'œil : ndlr)
Lorsque MF me dit : « Oh joie, nous pourrons sortir, pas d'Ephad-isation des seniors, ouf ! Belle journée, restons attentifs aux petites choses du quotidien, créons des petites choses belles...et restons dans l'émerveillement, cela porte. Retour à la terre que l'on regarde, que l'on entretient, que l'on sème. Tu nous aides Christine avec ta main verte ».
Alors, je suis ravie de pouvoir communiquer ainsi mon amour de la terre, du bonheur d'accueillir ce qu'elle nous donne, de l'émerveillement que j'ai toujours eu de voir émerger le vivant d'une minuscule graine… Et de pouvoir le vivre et l'exprimer depuis les quelques jardinières de mon petit balcon lyonnais.
Depuis hier soir, une espèce de soulagement m'a traversée lorsqu'il a été établi que nous les vieux ne serions pas « obligés de » mais juste « conseillés de » bon sang c'eusse été de la discrimination !… Même si je n'ai aucune idée des modalités du déconfinement, même si compte tenu des inconnus et des contaminations toujours possibles… J'aurais peut-être de ce fait trop peur de sortir, je sais désormais que j'aurai le choix !
C'est cela la liberté élémentaire.

Ma liberté de mouvement retrouvée, au moins en imagination, voilà que les nuages gris se dégagent de l'horizon d'un été flou et que soudain, je peux envisager des projets qui ne sont pas des chimères.
Partir vous retrouver, les uns, les autres, peut-être.
Beaucoup de nouvelles, balivernes, propos supposés scientifiques, paroles d'humeur et avis largement subjectifs circulent depuis cette annonce concernant les seniors… Je vous passe les moultes échanges avec mes acolytes septuas et plus, mais j'ai bien envie de rappeler cette évidence : savez-vous que près des 3/4 des associations françaises ne pourraient plus œuvrer si les seniors les abandonnaient ? Ou plutôt si la société nous mettait de côté, estampillés d'une étiquette hors d'usage !

Et maintenant « ***mes petites perles de rosée quotidiennes » :***
Voir s'ouvrir d'un coup au soleil de midi, les petites fleurs jaunes du bouquet de trèfles, et les voir se refermer soudain dès que le soleil a quitté le balcon.

Une virée épique à ma cave, au sous-sol de l'immeuble, sombre, un peu glauque : plusieurs portes et clés à manier, arrivée dans la cave, je m'éclaire au smartphone dès que la minuterie s'arrête. Je fouine dans mes cartons pour y puiser quelques vêtements pour les beaux jours, et soudain (contre toute attente, je n'imaginais pas que les ondes passaient !) un appel téléphonique de mon amie AM : je ne peux pas louper ça, ni remettre à plus tard une conversation qui s'est vite (évidemment !) avérée intéressante, complice. Des nouvelles échangées, elle, arpentant un grand pré aux abords de sa maison confinée, moi dans le couloir gris et poussiéreux de ma cave… Et voilà un voisin qui arrive et, amusé, me découvre au milieu de mes cartons ouverts dans lesquels je brassais, discutant et riant ! Je me suis sentie bêtement obligée de me justifier et me suis entendue instinctivement lui dire « Non ce n'est pas là ma nouvelle cabine téléphonique mais c'est une amie qui m'appelle inopinément » !

Et aussi, un appel de A qui se plaindrait presque d'avoir attrapé froid parce que… Elle s'était payé le culot de faire de la bronzette en maillot de bain sur son balcon, avant-hier. D'accord il faisait chaud mais c'est fou ce que le confinement peut faire faire : Lyon plage sur balcon dans petite rue de la Guillotière, ah ah !

Enfin, une longue conversation avec ma sœur Béa, et une visite en vidéo de massifs en bosquets, de buissons en parterres de fleurs multicolores, de son superbe tilleul aux arbustes fleuris, pour finir par son potager où elle a planté, dans un carré qui m'est destiné (mais que je ne peux pas entretenir !) des légumes et surtout semé des radis qui sortent tout juste leurs feuilles… en forme d'un arrondi ouvert… Un C !... Un C en radis pour me faire plaisir, trop fort non ? Puis ce fut des idées de recettes de ces légumes auxquels je n'étais pas habituée ici et que je cuisine désormais, dans ma mini cuisine et avec un plat que je me suis fait prêter. Eh oui, je ne suis pas équipée comme au Clos des cerises ! Mais je m'adapte finalement joyeusement à mon petit chez moi urbain… Avec le « kfé philo psy » du jour avec T, j'ai eu 4 longues visites aujourd'hui, AM, A et B, n'est-elle pas belle la vie de confinée ?

A bientôt
Christine

« Vivre aujourd'hui, demain est un autre jour ».

Dimanche 19 avril 2020 **J 34**

Une fois n'est pas coutume, je vais citer quelqu'un qui n'a aucune chance d'être un de mes lecteurs :
« On a dû te dire qu'il fallait réussir dans la vie. Moi, je te dis qu'il faut vivre, c'est la plus grande réussite du monde » a dit Jean Giono.
J'aime beaucoup cette recommandation et pourtant, dès potron-minet, le ciel brouillé et les nuages en ciel bas n'inspiraient rien de bon… S'il n'y avait eu cette odeur de terre et d'herbe mouillée qui me sont montées au nez lorsque j'ai ouvert mes volets ! J'adore sentir et humer ce goût de la terre.
Les fleurs jaunes du petit bouquet de trèfles sont restées fermées aujourd'hui… Normal, il pleut ! Car ce n'est pas la lumière qu'il cherche, c'est seulement le soleil.
Pourtant le merle a chanté ce matin, perché sur un fil à 10 mètres à peine de ma fenêtre. Je le voyais distinctement tourner sa tête de tous côtés, et plutôt du mien : était-ce la vitre qui brille ? Me regardait-il ? J'aime à le croire, j'ai alors tenté d'entamer un dialogue de piu piou piou, mais je pense que je n'étais pas dans le bon tempo, le rythme juste, la bonne structure… Là c'est un clin d'œil vers J, toute empreinte que je suis de mes révisions de batterie en ce dimanche tristounet, qui m'a rendue presque studieuse. Il faut vous dire que j'étais une décrocheuse jusqu'alors ! Le télétravail en batterie, pas si simple, et un bravo pour la constance de J avec ses élèves de l'école de musique. Au fait, j'oubliais de vous préciser, que je me suis mise à apprendre la batterie, à la (presque) fin de mes durs traitements et à l'aube de mes 70 balais, sentant qu'il était

grand temps de me mettre à apprendre un instrument qui m'a toujours plu, sans jamais oser m'y mettre.
Rassurez-vous, ma batterie électronique avec casque d'écoute, installée dans ma pièce entre lit, bureau et fenêtre, me permet d'épargner mes voisins, et de maintenir les bons termes que nous avons instaurés, qui plus est depuis le confinement.

Aujourd'hui, dimanche 19 avril, nous sommes à J - 21 (21 jours jusqu'à ce dimanche final, veille du fameux lundi 11 mai) me proclame mon amie A qui a de surcroît de bizarres symptômes dont je vous fais part, diagnostic à suivre... Elle me narre ainsi son rocambolesque souci :
« Je ne sais pas pourquoi, mais le confinement crée chez moi des angoisses bizarres... J'ai peur... Je frissonne... J'évite la pièce où ELLE se trouve confinée, elle... Je fais de grands détours pour ne pas LA voir. Je ferme les yeux, très fort. Tu ne devineras pas de qui il s'agit ? Tu donnes ta langue au chat, ou à toute autre bête maléfique ? C'est ma machine à coudre ! Depuis plusieurs jours j'ai découpé de vieux caleçons de G (très convenables et très propres quand même) en suivant divers « tuto » (encore un mot nouveau né de l'époque, après le récent néologisme « déconfinement ». Nous vivons une époque féconde en vocabulaire). J'ai sacrifié de futures éventuelles jupettes à fleurs pour découper des séries de carrés dans de jolis coupons stockés au fond de mes placards. Tout cela dans le but de confectionner les fameux masques dont nous aurons besoin le jour lointain où peut-être, les « vieux » et les « vieilles » pourront réintégrer la société des vivants... Et je n'arrive pas à me décider à les terminer, ces sacrés masques ! Qu'en pensez-vous, cher Sigmund ? Quel traumatisme ai-je subi dans mon enfance ? Quelle étape de mon lointain séjour intra-utérin aurait été si déterminante qu'aujourd'hui, à l'âge canonique de 75 ans,

je n'arrive pas à m'approcher sans crainte de ma machine à coudre ?
A part cela, tout va bien. Il pleut, c'est la première fois depuis le début du confinement. Bon pour les nappes phréatiques et la végétation. Il s'agit maintenant d'éviter la canicule ! »

Je me réjouis de ton anecdote A, et je souhaite que mes lecteurs aient autant ri que moi, à chaque fois que je te relis. Les « aînés » de 75 balais ont encore la vie dure et l'humour tenace !
Et au passage j'avoue un vrai contentement et soulagement de l'ouverture aux visites, des établissements accueillant nos aînés. Je ressens comme explosif le cocktail : vieillesse, perte d'autonomie, isolement de la vie sociale, solitude par rapport à ceux qu'on aime…

Le rétablissement et le maintien des liens à tout âge et en toute situation, c'est pour moi le nerf… de la guerre ? Non… mais celui de l'envie et de la joie de vivre !

A bientôt
Christine

« Vivre aujourd'hui, demain est un autre jour ».

Troisième partie

Le calendrier inversé

Lundi 20 avril 2020 J 35

Ou J – 20 avant le déconfinement

De soir en soir, j'ai le sentiment que je n'aurai pas grand-chose à vous raconter, à partager, à vous faire sourire ou cogiter. Et puis surviennent des micros évènements qui jalonnent joliment la journée, à condition que le regard s'y porte et, comme chacun s'en aperçoit, les petites choses de la vie prennent alors beaucoup d'importance et amplifient le bonheur profond d'être en vie, et en envies !
Et puis, vous réagissez, vous m'inspirez, vous éprouvez manifestement le besoin de me répondre. Ainsi se crée la magie d'un multi dialogue entre vous, entre nous, par ce journal alors que la plupart ne se connaissent même pas entre eux !
En effet ma famille, mes amis, sont de partout dans tous les coins de France (et Québec et Tunisie je ne vous oublie pas chers tous là-bas) et de presque toutes les régions. Tiens je vous promets une étude de localisations en même temps que j'ai bien envie de faire une grille cool des âges de mes interlocuteurs. Vous êtes à ce jour 63 destinataires de mon journal quotidien …

Ainsi me dit MF « Peut être maintenant peux-tu intituler ta page J moins (jusqu'au 11 mai 2020) au lieu de J plus depuis le 17 février ..... Tu vas trouver une astuce sympa ». Géniale ton idée MF et je viens de l'adopter : Oui regardez, je viens de compléter mon titre !
« Le 11 mai, de toutes les façons il se passera des choses...pas forcément pour nous mais.... »

Non, il ne faut pas se mortifier, nous les aînés, nous sortirons quand bon nous semble, le jour de la sainte Estelle ou de la saint Achille… (Et là je vous vois sortir vos agendas !) Par choix, donc en sérénité avec nous-mêmes.

Et R m'écrit « Tu m'épates ! Admiration ! Chapeau bas ! Chaque jour, tu te tiens à l'écriture de cette belle page de journal et ainsi tu peux nous offrir un doux moment où tu partages tes pensées et ta communion avec Dame nature et les Autres Mystérieuses Personnes Lettrées... dernièrement, tu as même donné la parole ou plutôt l'écriture à tes plus fervents et ferventes lecteurs et lectrices... quelle belle idée, tu as eue et je ne peux que t'en remercier une nouvelle fois ».

Je te cite ici R, non pas pour mon autosatisfaction mais pour illustrer les bienfaits de vous citer tous au travers de mon J,, comme un courant d'énergie positive qui se diffuse de part en part parmi vous tous. C'est super !

Grande petite nouvelle : devant mon manque d'outillage et d'idées, je faisais peu de cuisine et mes menus tournaient en rond, d'autant que je n'avais pas encore percé les secrets de mon vieux four multi fonctions acheté sur Le Bon Coin il y a longtemps. Mais la bonne nouvelle, c'est que j'ai pris mon courage à 2 mains, j'ai tout compris du mode d'emploi, que j'ai bien écouté les recettes de ma sœur Béa, bien salivé devant ses bons petits plats partagés en photos, et du coup je me suis lancée, aidée par A ma gentille voisine qui me ramène de folles cagettes de fruits et de légumes, commandées au producteur…
A moi gratins d'épinards et côtes de bettes ! À moi les gâteaux aux pommes ! À moi encore … d'autres que je vais imaginer pour poursuivre ma diversification et

équilibre des menus chers à Béa, qui est vraiment experte en la matière.
Entre gratins et gâteaux, je m'épate et me régale. J'ai ainsi enfin trouvé l'occasion de remercier ces deux couples de jeunes voisins qui se partagent gentiment la mission de faire mes courses, en leur préparant des parts de gâteaux… Je vous raconterai si ça leur a plu !
Et je me suis morigénée pour raccrocher la batterie : travail sur les rythmes, les modes de jeux et routines, les breaks… Vous n'avez pas idée de tout ce qu'il faut apprendre. Non cela ne consiste pas à taper dans tous les sens pour faire du bruit voire du rythme, il faut être capable de jouer « avec » d'autres musiciens…. Là la partie n'est pas encore gagnée, mais je tente de progresser, c'est long mais c'est bien bon.
Si d'aventure quelqu'un parmi vous est batteur ou batteuse, me le dire, cela me fera plaisir de me sentir en connivence ?
Le « kfé philo psy » de ce matin : le confinement, on peut le voir non comme une fuite, mais comme une protection du monde extérieur, imposé certes mais à tous en même temps, donc exempt de grosses frustrations de ne pas voir les autres comme avant.
Avec le télétravail, avec la fin des engagements et des sollicitations diverses, je n'ai plus de contraintes.
Personne n'attend rien de moi et je peux me consacrer sans honte au bien-être de mes proches et de moi-même.

La liberté qui entraîne pour beaucoup l'obligation de penser, se paie cher, car le confinement peut ressembler à un enfermement, mais il a des avantages avouons-le.

Sinon pourquoi tant de gens autour de moi craignent le déconfinement, y compris moi ? Ce peut être bien sûr par peur de corona (y compris encore moi) mais c'est aussi par

crainte d'être re ballotés dans ce monde qui tournait trop vite, et parfois mal, comme une toupie lancée dans une course folle…
Et dont on ne sait pas que sera le devenir, quand bien même nous voudrions le changer !

Actuellement, malgré bien des inconvénients, nous sommes à l'abri, à chacun de trouver de quoi.

A bientôt
Christine

« Vivre aujourd'hui, demain est un autre jour ».

Mardi 21 avril 2020 (J 36) **J - 19**

Des réactions amusantes des lecteurs :
« Merci de ce bol d'air envoyé tous les jours. Bravo pour ta constance.....on la connaissait ! ».
Merci MF, dis donc, ça va faire un demi-siècle qu'on se connaît ? Heureusement qu'avec l'âge, notre amitié ne s'est pas démentie, elle me sert bien aujourd'hui. A nos 20 ans ma belle !
« Je ne te réponds généralement pas, même si je te lis avec beaucoup d'intérêt.
En effet tes talents de jardinière me mettent la bâche. »
Tiens MF (une autre !) tu viens de m'apprendre un nouveau mot, argotique tout de même, non ?

« Mon balcon me plaît même s'il ne présente que des touffes de thym, de sauge, de menthe et surtout de rien, de folles herbes ».

Cependant je suis toute fière de te dire que je cultivais sans le savoir du plantain, et surtout un peuplier ! En effet j'ai vérifié et je suis contente. J'avais laissé pousser une brindille qui fait bien 50 cm maintenant. Un arbre s'est invité sur mon balcon ! Du coup, j'avais envie de te l'annoncer. J'en suis vraiment ravie et honorée, ferais-je ainsi des émules mais surtout ai-je la joie de rendre attentif aux belles choses de la nature ceux qui n'y prenaient pas garde ?

Rendre contagieuse l'attention aux toutes petites choses, ce serait si bien.

Et A me dit « Les petites graines que j'ai semées sur le balcon commencent à pointer leurs frimousses. Sur le citronnier Yuzu couvert de fleurs en boutons, une petite fleur vient d'éclore…Merveille ! Aujourd'hui, malgré le gris du ciel, l'énergie revient ».
La poésie a cours en ce printemps si spécial…
Et en réponse à ma demande d'hier « Si d'aventure quelqu'un parmi vous est batteur ou batteuse, me le dire, cela me fera plaisir » A me fait sourire avec « A propos de batterie, je suis plus à l'aise pour battre les blancs en neige ! ». Personne d'autre sur ce thème ?
Et ce matin des bruits, vraiment incongrus autant que nouveaux, surgissent de la rue : des travaux se remettent en route pour enfouir des conduites de gaz… Zut, quel pétard ! Mais je ne suis pas au bout de mes surprises lorsque je vois 4 messieurs sortir de 2 camionnettes et deviser sous mon balcon devant le grand chantier endormi depuis le confinement.

Il me laissait un si bel espace dégagé propre à me permettre de rêver face au ciel.
Me laissera-t-il rêver encore demain ? J'en doute.
Ce mardi est un mauvais jour pour ma tranquillité, pour le jardinage balconnier, pour l'écoute des chants d'oiseaux… Mais j'ai appris à gérer ma colère, alors à quoi bon ? Il va bien falloir que je m'adapte à ce déconfinement « progressif » qui débarque plus tôt que prévu… Hélas ! Mais un appel à la mairie pour avoir une information à ce sujet, m'a donné l'occasion d'un bel échange avec S. Entre recommandations concernant corona, et propos positifs et propices à la distraction et à la détente lorsque je lui confie mon occupation quotidienne avec mon J : aimerait-elle le recevoir ? Pourquoi pas, me dit-elle étonnée et manifestement réconfortée par notre conversation dans sa terne journée de télé travail très difficile me confie-t-elle, étant d'ordinaire préposée à organiser des évènements publics !
Ce matin, je prenais mon café à la fenêtre de ma cuisine, et me suis trouvée accompagnée par le chant du merle venu se percher sur le lampadaire face à moi. Vous savez, le même qu'au J 34. Intriguée par ce manège devenu habituel j'observe un long moment (pas grave j'aime bien le café froid) et le vois plonger dans la haie en dessous, tout près de l'entrée de l'immeuble. Il rejaillit et s'envole. Un autre surgit : je m'y perds et ne reconnais pas bien le merle ou la merlette. Cela m'a donné l'occasion d'aller chercher… Et d'en apprendre sur eux et, entre autres, qu'ils forment un couple à vie ! Je hèle F le gardien de l'immeuble qui passait par là et lui demande de regarder s'il voit un nid quelque part dans la haie : rien. Bien m'en a pris car je voulais vérifier moi-même sans les déranger si d'aventure…
Ces 10 lignes pour vous exprimer mon émotion et mon ravissement lorsque je n'ai pu résister à suivre la vie

amoureuse de ce couple de merles et suis descendue… Pour dénicher à hauteur du regard, bien calé entre les branches épineuses des piracanthas, un très joli nid habité ! J'ai même aperçu un morceau gris de quelque chose de doux que le merle tenait dans son bec à son dernier envol. Jamais sans le confinement, je n'aurais eu la patience, le temps et le regard aussi aiguisé pour tout observer avec attention et passion.

Je me suis sentie transportée dans une sorte de naïveté contemplative genre « Je commence à comprendre, dit le petit prince. Il y a une fleur... je crois qu'elle m'a apprivoisé »...

A bientôt
Christine

« Vivre aujourd'hui, demain est un autre jour ».

Mercredi 22 avril 2020 J – 18

« Tout ce que je sais, c'est que je ne sais pas » a dit Socrate (mais certains disent que c'est Platon)

Cette maxime pourrait s'appliquer actuellement à ceux qui se décrètent scientifiques, épidémiologistes et autres immunologistes et qui tentent de prédire comment corona va disparaitre, ou s'amplifier, ou se mettre en embuscade pour l'automne, ou se glisser sous nos sapins de Noël.

Fi de ces oiseaux de malheur ! Place à ceux qui cherchent, expérimentent, imaginent, et moi je souhaite l'appliquer à notre devenir après le 11 mai.
Car aujourd'hui, le « kfé philo psy » avec T, s'est étonnement dupliqué avec R : le déconfinement nous fait plus peur que le confinement... Mais comment prévoir le pire alors qu'il y a, ne serait-ce que 2 mois, nous ne pouvions imaginer de vivre une aventure coronavirienne pareille !

Le pire peut arriver, mais pourquoi pas le meilleur ?
Et différent ne veut pas dire mauvais, cela veut juste inspirer des « autrement ».

Pour passer le cap du déconfinement, pour tenter de refaire vie sociale, ensemble, pour reprendre nos activités professionnelles ou personnelles, pourquoi ne pas faire confiance, et avoir confiance en nous-mêmes ?
Le politique ne fait pas tout, non ? Et nous avons le droit, le devoir même, de susciter, d'impulser, d'inventer, et de désapprouver.
Place à la créativité, à l'innovation, à l'imagination voire à la débrouille pour trouver des solutions et concilier notre besoin de rencontrer les autres, avec cette peur insidieuse qu'ils peuvent nous inspirer en nous donnant malgré eux ce virus pernicieux.
Moi c'est ce point là qui m'a tant manqué, les rencontres de visu et le toucher ! Et que je ne parviens pas à imaginer résoudre pour après. Mais il nous reste 18 jours pour cogiter sur nous-mêmes, sur notre environnement, sur nos souhaits pour demain, notre devenir proche... Allons-y !
Je rêve d'aller voir mes petits-enfants, ou d'inviter des amis au Clos des cerises : que nenni ! Ou de passer des bouts d'été à venir vous rencontrer aux 4 coins de France : balivernes !

Mais, de la même manière que je me pensais incapable de vivre confinée 37 jours déjà, pourquoi ne pas présager que nous arriverons à traverser encore bien des difficultés et des frustrations (comme la dégustation d'un bon repas au resto en bonne compagnie) Et voir des horizons plus clairs ?

MF surgit à point nommé au milieu de nos idées de kfés : « Et si nous passions l'été à Colombes (leur habitation simplement principale) ....On s'habitue à tout, ne sommes-nous pas des êtres adaptables ! C'est une des formes de l'intelligence que l'adaptation. Question d'un oral de philo (c'est un ancien prof qui parle). Allez, on continue, regardons la nature, admirons, contemplons, méditons....Valeurs sûres ! »
L'inconnu de mai ou de juin, c'est comme si nous nous heurtions à un mur, nous nous cognons dedans et ne parvenons pas à le franchir, à le démolir ou à l'éviter. Et si nous longions ce mur, prenant un chemin de traverse et marchions courageusement, à la recherche d'une brèche ou d'une petite porte envahie de broussailles (parce que le mur est dans une forêt évidemment !) que nous pourrions franchir pour aller de l'autre côté, quand bien même nous ne savons pas ce qu'il y a… Derrière….
Ne serait-ce pas cela, l'espoir ? Que je souhaite distiller goutte à goutte, pour panser nos bobos, comme le miel doux, doré et sucré sur la langue…Ou si vous préférez (je crois que certains n'aiment pas le miel, hélas c'est possible, chers amis apiculteurs) une bonne gorgée de grand vin venant caresser le palais.

Il n'y a que l'espoir pour conjurer la peur.

Avant de finir, des nouvelles des chantiers de ma rue…

Celui de l'enfouissement de nouvelles conduites de gaz m'a fait bondir de mon lit à 7h30 ! Vacarme affreux, franchement, marteau piqueur etc. clouant le bec, à mes oiseaux favoris. Mais, à midi, lorsque le bruit s'est calmé, j'ai vu « mon » merle se glisser dans la haie pour encourager sa merlette, je crois qu'elle couve ! Quant au grand chantier devant, j'ai vu des allées et venues de matériaux, ça ne sent pas bon la reprise… et le bruit infernal qui va bientôt squatter mon univers. Je fulmine intérieurement mais certains me disent que les ouvriers du bâtiment attendent de bosser, oui ok mais alors : haut les masques !
Demain, je reviendrai me vautrer carrément dans du bucolique, histoire de me nourrir de nature et de vous congratuler, en connivence, avec vos découvertes jardinières, oui y en a qui me le disent !

Je ne sais plus qui m'a glissé dans l'oreille « la simple joie d'être et entendre le chant du vivant »

Et T me rappelle Hippocrate « La force qui est en chacun de nous est notre plus grand médecin ».

A bientôt
Christine

« Vivre aujourd'hui, demain est un autre jour ».

Jeudi 23 avril 2020 J - 17

Hier, V m'a dit de continuer à « tisser ce lien bénéfique entre les gens ». Je suis heureuse de cela mais j'ajoute aussi, et encore, que tout le plaisir est réellement pour moi. Écrire est non seulement ma marotte, mais pouvoir exprimer ce que je vis en confinement, et chercher à positiver et à relativiser les choses me font « tenir » la barre, moralement et physiquement.
La barre de ce bateau fou qui ne sait pas bien où il va, cette vie au présent qui cache ses lendemains. Du moins, tenir la barre permet de le maintenir à flot, malgré les vagues, les remous, la tempête. Aucune berge en vue, mais l'équipage est en adaptation permanente, et le bateau résiste, contre vents et marées…

S me parle de son « confinement très privilégié à la campagne » (d'habitude elle est lyonnaise !). Et de « profiter du jardinage, des balades dans les bois, de l'évolution de la vie de la nature. Je ne vois pas les jours passer et je suis finalement heureuse de cette parenthèse existentielle où je me ressource ».

Période bénéfique s'il en est, à condition d'échapper à corona, pour chercher à atteindre la sérénité, être à ce qu'on est. Être à la hauteur des circonstances pour être auteur de sa vie...
C'est fou ce que bien des gens découvrent la vie autrement et repensent leur quotidien, leur devenir, leur rapport à la Nature… Pragmatique, AM disait hier, et je suis tellement en accord avec elle !

« Demain, tout change, on passe à la vitesse supérieure, c'est le jour des courses, du masque, des gants du gel hydro alcoolique…Le jour de tous les dangers ».
En effet, quand bien même P fait mes courses, je psychote encore totalement en prenant délicatement le caddy, lavant tout ce qui peut l'être (même les plaques de chocolat mais là, ce fut craignos) Et elle dit encore :

« Je lis ton journal tous les jours et suis tes activités jardinières…C'est vrai que c'est incroyable de voir la manière dont on regarde pousser les choses, même dans un univers de terrain minuscule. Je me dis aussi que tu as bien fait de rester à Lyon…Les contacts urbains sont plus proches et plus faciles dans ces moments-là, d'abord parce qu'il y a plus de personnes seules en ville qu'à la campagne, et aussi parce que l'on y a moins d'occupations, de lieux de promenade, donc on y échange davantage en proximité ».

Mais bon sang, voilà qui est très bien dit ! Voilà pourquoi je supporte la frustration de ne pas profiter de mon « Clos des cerises », car je fais pas mal de rencontres finalement, sans vraiment sortir.
Je suis surtout convaincue que nous avons les uns envers les autres, d'autres regards, plus attentifs, plus aigus, plus bienveillants… Nous avons le temps, et en avons tant besoin ! Tous dans le même bateau, « ensemble » n'a jamais eu autant de prix, de poids, dans nos vies, dans nos têtes et dans nos cœurs. Mais revenons au bucolique, plaisir de tous les sens…
Je vous parlais hier du chantier d'enfouissement qui m'a fait bondir de mon lit à 7h30 ! Vacarme affreux, marteau piqueur etc. clouant le bec, à mes oiseaux favoris.
Mais non, il ne fait pas taire les oiseaux ! Et je m'aperçois que c'est moi qui n'y prêtais pas attention.

Désormais, mes oreilles ont dû s'aiguiser et je perçois le chant du merle entre 2 coups de marteau piqueur, et même en plein bruit. J'ai vu « mon » merle faire ses allées et retours au creux de la haie, rejoindre sa merlette. Je ne veux pas interrompre ce printemps des oiseaux, la couvée ou l'éclosion des petits, alors je n'insiste pas pour écarter les branches (pas fou le merle, les piracanthas ça pique un max !) et je ne sais pas où ils en sont de la famille…

AM : « J'ai aussi planté des graines de courge et des noyaux d'avocats…On verra… » Chouette idée.
JP m'envoie des photos des abords de son appartement à Champs sur Marne (plus bucolique que ça, difficile !) « Où le "street Art" rencontre les frondaisons ... Et à peine trois cent mètres plus loin la nature sauvage ... avec mise en place d'un circuit court sur le marché des groseilles ... confitures à venir ... Miam. Des animaux, petits, grands qui se fichent pas mal du covid-19. Tel ce traine bûche navigant au milieu des têtards. ».
Alors là JP je suis blousée de ta science, et me coucherai moins bête et plus instruite ! Ici, les radis sont sortis, les tomates repiquées, et les géraniums s'épanouissent au soleil. N'est-elle pas belle la vie ?

A bientôt
Christine

« Vivre aujourd'hui, demain est un autre jour ».

Vendredi 24 avril 2020 **J – 16**

MF : « Penser à l'après, rédiger ses envies, se projeter en s'ancrant dans le présent. À écrire en lettres d'or ».... Oui MF on continue bravement car nul ne sait ce que sera demain, et j'aime à dire « On n'est jamais à l'abri d'une bonne surprise » petite ou grande !

Je vous confie ici un de mes carburants : je me lève chaque matin en me disant que je veux me coucher ce soir en ayant vu, vécu ou appris, quelque chose de nouveau !
« Stoppons nos courses effrénées, nous sommes devant un avertissement historique, inviter chez nous silence et solitude. Observons la nature (…) Se rappeler ce qui est beau, bon dans notre vie. Cela sert de carburant. Gardons des liens qui relient et donnent vie. Tes propos philosophiques, horticoles, amicaux, respirent la vie qui est devant ».... ça tombe bien MF, c'est en effet mon unique ambition ici !

P : « J'espère que les travaux ne t'ont pas réveillée trop tôt ce matin et que tu es d'attaque pour un nouveau J ».
Nous y sommes P et les travaux ont été un peu plus courts (ah mais c'est veille de w.e).
« Nous aussi nous avons nos merles, des merles à bec orange, ils viennent picorer de temps en temps sur la pelouse avant de se poser sur une branche du mûrier du voisin. Et les tiens, bec orange ou bec noir ? »

Alors sans te vexer, de toute façon personne ne connaît ton nom mais ce qui est positif lorsqu'on ne sait pas, cela permet d'apprendre toujours, et de progresser ! Donc, le merle est noir avec un bec jaune et il chante ou siffle. La merlette est brun clair avec un bec marron et un ventre tacheté pour mieux se confondre avec les branches au creux desquelles elle niche. Elle est très discrète et mène une vie « confinée » quand elle couve (Tiens je n'ai jamais eu l'occasion de le placer auparavant, ce mot devenu trop familier).

B : « Coucou la Philosophe... avec les pieds sur terre tout de même, voire les mains dans la terre ! »
J'aime beaucoup B comme tu me vois.

« Et pour ce qu'il en est de ta famille merle, tu sauras que les œufs ont éclos lorsque les 2 parents se relaieront, arrivant avec une fournée de vers de terre, et que de petits cris et des becs grand ouverts les accueilleront ».

« Bon, tu ne verras rien, mais entendras bien ! Il suffit d'être patient, et d'attendre la "livraison" suivante... ça mange ces petits, pour grandir. Une de mes merlettes niche dans un rosier près du préau, le bec pointé vers le haut dépassant juste du nid, et dès que je m'approche, j'entends le bref bruissement d'ailes de la mère qui se sauve : elle couve encore ! »

Magnifique ta description B, on s'y croirait, et de fait ces conseils serviront à tous ceux qui ont des merles chez eux ! Oui je sais, je m'aperçois que je ne suis pas originale, c'est la saison des nichées partout, sauf que peut-être vous ne les observiez pas aussi bien, dans la vie d'avant ? Par contre je revendique l'originalité de suivre ce couple de volatiles au cœur d'une grande ville, et surtout d'en faire une occupation de tous les instants, y compris lorsque je m'assieds au balcon et que j'écoute, extasiée, leur chant, pendant de longues minutes.
Tiens en ce moment, pendant que j'écris, il vocalise…

Manifestement, il ne doit pas séduire la merlette par son apparence ce merle noir, mais il met les couleurs qu'il n'a pas en son plumage, dans la mélodie et la variété extraordinaire de son chant… Belle leçon…

Et cet instant en ce J -16 ? Au « kfé philopsy » de ce matin avec T (eh oui nous nous tenons à notre moment tous les 2 jours, personnellement cela rythme amicalement et joliment ma vie d'urbaine très confinée) nous avons devisé en résumé, sur : « pas envie que ça dure, mais peur que ça s'arrête ». Car ce confinement a permis d'ébranler un système devenu pour beaucoup un peu fou, une façon de vivre en exploitant la nature alors que nous en faisons nous-mêmes partie, comme si nous nous sabordions sans nous en rendre compte.

Et je ne compte plus les gens autour, au téléphone, par courrier… qui confient, profiter enfin de ce temps de pause pour voir leur vie et leurs projets autrement.

A condition bien évidemment de ne pas faire partie des personnes en grande vulnérabilité sociale, de ne pas avoir chopé ce corona funeste, de ne pas avoir vécu des malheurs dans son environnement proche. Bondir dans la vie d'après, dès le 11 mai, serait sans compter ces temps d'incertitude auxquels nous devrons nous adapter, le virus (ou un autre) étant en embuscade, nous rappelant, je le crois, qu'il serait temps d'arrêter de massacrer la planète, la vie !
Et nous nous amusions à nous dire : ça c'était « avant » le confinement, comme si au calendrier cette période allait être un repère dans nos vies ébranlées, et que ce temps fera partie de notre histoire commune, période unique et exceptionnelle ou « ensemble » équivaut à « tous ensemble » sans exception.

Pourvu que nous sachions décliner tous ensemble de joyeux lendemains, où l'équité côtoierait la joie de vivre et la sérénité ! Utopiste va !
Oui mais c'est l'utopie qui peut changer le monde, non ?

A bientôt
Christine

« Vivre aujourd'hui, demain est un autre jour ».

Samedi 25 avril 2020 J – 15

La matinée fut belle en ce 40ième jour de confinement, et marquée par de petits épisodes infimes mais joyeux et nourrissants. Au saut du lit, je suis arrivée au balcon assez vite pour saluer et applaudir les éboueurs : ils m'ont lancé, hilares, de sonores « mercis » ! Cela nous a fait chaud au cœur, ensemble.
Entendue à la radio une émission qui m'a interrompue dans mes (nombreuses !) activités, et m'a ravie dans le style « donner à entendre la splendeur de la nature, c'est faire œuvre d'art », nommant les chants d'oiseaux comme « un paysage de sons », et narrant merveilleusement l'histoire de François Huber, entomologiste suisse du 18ième siècle et aveugle, qui a écrit « nouvelles observations sur les abeilles », et son fabuleux destin a été relaté par Sara Georges dans « l'apiculteur et son élève » : amis apiculteurs et apicultrices, je vous livre ces lectures…

Oui, mon passé récent d'apicultrice me tient toujours à cœur et mon esprit est toujours aiguisé par ce monde fascinant des abeilles.
A midi, j'étais (très) occupée à l'observation de mes plantations balconnières et, quelle ne fut pas ma surprise en dégageant le dessous de ma petite table, d'extraire un pot que j'avais délaissé là, tristement habité de plants fatigués.... Et le voilà fleuri de superbes capucines jaunes ! Je ne le voyais pas, je n'y croyais pas, et pourtant... j'y vois une belle leçon d'espoir, en dépit des circonstances qui ne lui étaient pas favorables.

C'est aussi une belle leçon de la nature qui renait toujours, parfois plus lentement qu'espéré, différemment que souhaité, mais toujours elle rejaillit.

Journal 40 et, grand jour pour moi !
Cela fait autant de jours que je ne suis pas sortie au-delà du pas de porte de mon immeuble, et j'ai enfin bravé ma peur et mon sentiment d'insécurité un peu viscéral (c'est le cas de le dire n'est-ce pas, ceux qui ont suivi mes aventures ?)... Encouragée par mon amie A, équipée du joli masque à fleurs confectionné par ma sœur Bri, munie de mon autorisation de sortie et bravant mes appréhensions, j'ai fait quasi mon épisode de gym de l'après-midi en marchant un bon kilomètre !
Nous n'avons croisé presque personne et pour cause, un orage grondait. J'ai senti le vent et un début de pluie m'a caressé le visage, me donnant le plaisir de sentir le dehors, et un sentiment d'espace au fil de mes pas.
Sensation bienfaisante et étonnante, qui m'a bien aéré la tête. J'oserai peut-être réitérer demain.
De surcroît, j'ai croisé mon merle, était-ce lui ? J'aime à le croire. Il sautillait sur le trottoir devant moi, aux abords de la haie où il niche. A ce propos, oui P tu as droit à un

démenti ! Concernant mes propos sur la couleur des becs des merles mais, si tu me dis « il y a bien plusieurs espèces avec une couleur de bec différente noir, orange/jaune et qui ne dépend pas du sexe de l'oiseau » permets-moi de douter que tu sois allé te confiner en zone tropicale ! Ou, comme le dit le site consulté, les merles sus nominés à bec noir séjournent exclusivement là-bas. Cela dit en toute amitié P car nous avons donc tous 2 un morceau de la vérité…
Et la journée s'est écoulée entre soleil et nuages menaçants, entre des liens verbaux et épistolaires divers : avec T se laissant surprendre lors d'un moment « picnic » nichée au bout de son petit bois au bord de l'Ardèche, avec ma sœur Béa qui me donne des nouvelles de mon carré potager où éclosent des salades, avec C (vous savez, c'est l'amie à qui je donne des cours de jardinage de balcon à balcon) avec qui j'ai partagé avec plaisir ma surprise capucinière, avec D qui, au reçu d'une photo de mon ciel étoilé, me parle de la planète Vénus (ou étoile du berger) déesse de l'amour, de la séduction, et de la beauté féminine !
Et, pour conclure ce J très « Nature », citons Anaïs Nin qui mêle (pour moi) inexorablement l'existence et l'évolution de l'être humain avec la nature :

« Vint un temps où le risque de rester à l'étroit dans un bourgeon était plus douloureux que le risque d'éclore ».
Vive le vivant ! Vive demain !!

A bientôt
Christine

« Vivre aujourd'hui, demain est un autre jour ».

Dimanche 26 avril 2020 **J – 14**

Oui Bri cela faisait 40 jours que je n'étais pas sortie marcher… dehors ! Je vais m'exonérer désormais de ma marche sur place dans mon 30 m 2, mais j'ai calculé : je vous assure que je faisais quand même un bon kilomètre en 15 minutes ! Et comme dit MF « Ressors, cela t'entraîne pour le 11 » oui je suis allée cet après-midi marcher une heure durant, conduite par mon amie C de jardin d'immeuble en petit square fleuri non confiné, au plaisir de découvrir la nature en ville et en folie !
Aucun entretien des plates-bandes et je m'en réjouis, cela fait un joli paysage urbain recomposé et quelques coins de retour au sauvage.

Et j'ai ressenti le plaisir de l'espace à parcourir devant moi, de la liberté de traverser, prendre ici ou plutôt là, la liberté de mouvement quoi !

« C'est dimanche, je m'habille en dimanche.....soignons notre look, important pour le moral » me confie-t-elle et j'avoue que j'ai eu le même réflexe…J'ai même assorti pour déambuler au fil des rues, mon masque fleuri à la couleur de ma veste, tous 2 dans les bleus doux, fleuris ou rayés ».

Mais le plus beau du quotidien de MF, c'est l'arrivée d'un nouveau petit-fils : « Auguste est arrivé vendredi matin chez François-Xavier. Départ zen, tout va bien ». Une naissance bienheureuse en plein désarroi ambiant, magnifique non ? Félicitations à tous là-haut à Colombes et environs !

Et mon amie ardéchoise A me narre pour la première fois et joliment (j'en suis ravie, je ne parvenais pas à t'imaginer dans ta campagne) :
« Comme toi, je m'occupe avec les fleurs au jardin et à la terrasse, on change un pot de place, le lendemain on le remet ailleurs !
En allant couper un brin de laurier sauce, un battement d'ailes, des piaillements, l'arbuste bien touffu était habité, je n'ai pas vu le nid. Les rosiers sont fleuris, les iris, c'est super ! Même un brin de muguet dans un pot abandonné au jardin, la nature renaît avec l'espoir ».

Je me sens en connivence avec toi, avec vous, c'est bon même de loin, merci de vos partages ! Il me paraît évident que nous changeons notre regard.
Ce printemps est fabuleux et explosif certes mais regardions-nous si bien, prenions-nous le temps d'observer jour après jour ses changements ? Le marronnier du bout de la rue arbore littéralement des grappes de fleurs magnifiques, mais ne l'étaient-elles pas l'an passé ? Nous déplaçons sans doute nos priorités et nos centres d'intérêts, car le temps nous est donné, imposé même.

Dans la vie d'avant, s'arrêter pour admirer des fleurs au coin de la rue c'était du temps perdu. Puisse dans la vie d'après, être du temps gagné sur la vie, sur le bonheur.

Lors des claps, un petit bon moment se répète chaque soir et me touche. L'immeuble qui est au-delà du fameux chantier inerte et dégagé, est désormais visible et ne le sera plus lorsque la construction me cachera cet espace de terre, de ciel et quelques beaux arbres…

Donc, j'aperçois les fenêtres de l'immeuble là-bas, et au 4ième étage, au balcon, une famille est là chaque soir et applaudit, les enfants dont le menton dépasse à peine du parapet du balcon, poussent des cris de joie. A chaque fin des claps, quelqu'un qui s'est constitué spontanément le meneur de la rue, s'arrête en criant « bonne soirée » et on se répond tous. Et la famille là-bas, répond à mes grands gestes de bras en l'air, en souriant… ça je l'imagine parce qu'ils sont trop loin pour que je les distingue.
Pour moi le monde d'après ne peut que me pousser à découvrir quel immeuble, quel escalier de la rue derrière, et derrière quelle porte j'aurais envie d'aller dire bonjour. Envie et « En-vie » de faire un sourire d'ex-confinés applaudisseurs ensemble, à déconfinés désormais ensemble !
Tiens, il y a un psy à la télé qui est en train de parler du toucher… Si on ne peut toucher les autres avec les mains, si on ne pourra pas marquer son affection à ceux qu'on aime avec des gestes, il est possible de toucher l'autre par le regard, par une émotion partagée, par des paroles complices. Je découvre les divers sens du « toucher » et j'aime beaucoup.
J'entends d'ici mes enfants et petits-enfants qui se moquent un brin de Mamounie qui « ne se lasse jamais des bisous » ! Déjà que je m'en justifiais mais je les vois si peu, ils habitent tous loin… Alors dorénavant, lorsque je les reverrais (vous me manquez tant tous mes chéris) je vais devoir me retenir !? Non.
Surtout me réinventer, changer le besoin de câlins en envies de les regarder vivre, de savourer leur simple présence, de rêver à des jours plus sereins…

A bientôt
Christine
« Vivre aujourd'hui, demain est un autre jour ».

Lundi 27 avril 2020 **J – 13**

Vous savez pour la plupart que je suis entre 2 logements : une grande propriété en Ardèche que j'ai dû mettre en vente, et un 30 m2 urbain lyonnais. Pour la propriété, peut-être vais-je bénéficier lors du déconfinement de la ruée des citadins vers la campagne, qui plus est, amateurs du sud ! Il y a même des Ardéchois qui disent que les gens de la ville vont venir les envahir, non je blague…

Et je cherchais et vais m'y remettre … Bientôt… un appartement sympa « 3 pièces, balcon, garage, pas de rez-de-chaussée, dans mon quartier » Avis aux amateurs et fouineurs d'occasions ! Sachant que je dois bondir avant que le marché (hyper tendu par ici) ne s'en empare, mais c'est une autre histoire qui devrait s'écrire après le 11 mai, bientôt…

Mais à propos, quid ce mot incongru « bientôt » ?

Il s'acoquine avec ses potes synonymes : dans peu de temps, incessamment, prochainement, dans un futur…immédiat…

Alors, c'est comme le déconfinement ? Comme la possibilité de refaire des projets, comme les vacances, comme la sortie de cette crise ? Bientôt ou dans un temps certain. Cette crise que l'on peut dire hallucinante, qui nous contraint à faire une énorme pause, en même temps qu'elle nous fait apprécier la lenteur du temps qui s'écoule, et nous fait faire des découvertes de nous-mêmes, des autres, de notre environnement.

Des découvertes et des rencontres, des partages et des liens que nous n'aurions jamais pu imaginer, passant de cauchemars sombres autour de l'enfermement hier à des

saveurs retrouvées pour aujourd'hui, et des rêves fous pour demain.
Car il faut rêver pour braver la peur, toujours insidieuse, tapie au creux de notre être, pour nous, pour tous ceux qu'on aime et que l'on se sent parfois impuissants à protéger.
Tapissons de courage et d'espoir ce fond de craintes afin qu'elles ne nous minent pas et ne sapent pas la force qui nous est, et nous sera, nécessaire pour après. Il s'agit bien sûr maintenant d'en sortir sans précipitation, avec des espoirs mesurés et des enthousiasmes maîtrisés ! Une sorte de quadrature du cercle en fait : Plus que jamais reportons-nous à la phrase répétée dans les 38 parutions du J sous ma signature *.
Alors je me disais, ce n'est pas de chance si je n'ai pas encore pu déménager pour plus grand (un projet repoussé because corona) l'horizon va m'être barré par cet immeuble en construction. Maintenant je me dis : c'est super que le confinement ait eu lieu lorsque seules les fondations sortent à peine de terre, et que je peux ouvrir grand mes fenêtres et farnienter ou travailler sereinement sur mon balcon ! Oui, l'enfer que j'ai traversé depuis 2 ans a changé définitivement mon regard.

Je ne suis pas optimiste, plutôt réaliste sur le présent, mais je positive pour aujourd'hui : c'est ma manière à moi de me pousser vers l'avenir avec énergie et espoir.

Et je me réjouis et me nourris des nouveaux regards que nous portons sur les petites choses, de notre émerveillement à des détails de notre environnement amenuisé, mais non pas rétréci.
Sans compter le goût des plaisirs minuscules et la saveur des instants partagés. Et en écoutant tout ce qui se dit sur corona and co, ceux qui croient savoir, ceux qui

commentent, ceux qui catastrophizent (ce mot-là je viens de l'inventer, il me plaît et je n'en avais pas d'autre sous la main) Je relève une histoire de Socrate (restons modeste, il m'est venu par la radio ce matin, ma mémoire littéraire étant faiblarde) sur le principe des 3 tamis…

« Eh bien, dit Socrate en souriant, si ce que tu as à me dire n'est ni vrai, ni bon, ni utile, je préfère ne pas le savoir, et quant à toi, je te conseille de l'oublier ».

Qu'il serait bon que tous nos beaux parleurs, discuteurs et rouspéteurs appliquent la règle des 3 tamis… Et saviez-vous que Socrate n'a en fait rien écrit, il parlait et c'est son élève Platon qui relate pour lui !
Et là me remonte à la mémoire « le mythe de la caverne » dans la République de Platon, ce fut le sujet que j'avais tiré au passage de mon bac, en philo en… Juin 68 ! Le bac de tous les risques pour les taiseux, toutes les matières à l'oral à cause des évènements de Mai ! Et j'ai cartonné avec le sujet du mythe de la caverne, j'étais ravie et fut prolixe… Je me souviens d'un 14 ou 15 je crois, cela a remonté mon 6 en maths… Mais je m'égare, cela fait plus d'un demi-siècle ma vieille !

Revenons à ce jour et mes occupations jardinières qui abreuvent mon moral : repiquage de plants de courges réussis que je prépare pour le grand jardin de B, un comble et une fierté depuis mon balcon, éclosion de mes graines de concombre, éclatement rosé de mes géraniums et tout cela en dépit de la grisaille un peu frisquette du ciel lyonnais.

A bientôt
Christine
* *« Vivre aujourd'hui, demain est un autre jour ».*

Mardi 28 avril 2020 **J - 12**

Une matinée extraordinaire dans tous les sens du terme : inattendue, étonnante, agaçante et merveilleuse. J'y vais ? Alors, réveillée par… les travaux du chantier qui soudain se déconfine en face de mon balcon, au point que le « kfé philopsy » s'est passé baie fermée tant le bruit couvrait tout, même le chant du merle ! Merle qui pourtant n'a jamais autant chanté (entre 2 coups de pelleteuse) juché sur le fil à 10 mètres de ma fenêtre de cuisine (et de son nid dans la haie) mais je le voyais tourné vers moi, et nous étions en conversation, moi avec des piou piou maladroits, lui me répondant (si, je vous jure !) avec… Sa gracieuse mélodie que je recevais comme une gourmandise à mes oreilles.

Sur ce, j'entends à la radio la chanson de Jacques Dutronc « C'était un petit jardin » et ses « fleurs de béton » (1972) mais il parle de chez moi ma parole ! Sauf que je suis certaine que le chantier épargnera mon platane, arbre protégé…
Une émission s'ensuit sur la méditation de pleine conscience, entendue comme un « apprentissage d'un bien-être mental ». Je suis personnellement très sensible à cela et déjà adepte, et j'ai pu bénéficier de cet entraînement à vivre « ici et maintenant » dans le cadre de suivis hospitaliers…
Alors, pour les réfractaires ou ceux qui pensent à une obscure pratique, je ne citerai que des phrases illustratrices de cette démarche qui m'est chère et qui me porte : apprendre à porter son attention sur ses désordres intérieurs, à prendre de la distance par rapport à des situations de stress, à vivre le moment présent et à le

savourer par tous les sens, se poser pour souffler en ce confinement sujet à tous les bouleversements, propice à vivre le changement, prendre soin de soi pour prendre mieux soin des autres. Il y avait là, matière pour m'aider à retrouver une certaine sérénité.
Et ce temps avec T où nous avons parlé de déconfinement et tenté de décortiquer nos peurs : peur pas tant du virus (quoique) mais que le 11 soit un jour de débordements, de foule envahissante et surtout la peur que chacun oublie ce qu'il lui a été donné de découvrir, oublie les résolutions de freiner, de trouver un nouveau rythme de vie adapté à ses convictions revisitées.

Quelqu'un a dit « Le secret du bonheur c'est l'alignement d'être ce que vous pensez, ce que vous dites et ce que vous faites ».

Avec tout cela, dans ma tête et dans mon cœur, il n'était pas encore midi, ouah !
Et je reçois un mail de M qui habite d'ordinaire à 100 mètres de chez moi à Lyon, parti se confiner à 2 pas de chez moi, en Ardèche ! Et qui semble s'ennuyer par manque de liens et de solidarité incarnée. D'ailleurs, beaucoup de mes amis confinés à la campagne trouvent le temps encore plus long que moi car moins rempli. M qui me lit désormais, va peut-être se mettre en contact avec J mon pote apiculteur qui habite le même village qui plus est, à quelques kilomètres de mon « Clos des cerises » ! Affaire à suivre… Mais j'adore ce hasard bizarre. Je vous laisse relativiser ce « hasard » T ou A ou MF ou B.
Mais au fait, lorsque beaucoup craignent que tout ne redevienne comme avant, surtout ce qui allait mal, lorsque d'autres sont par avance mécontents parce que tout le monde va envahir de nouveau les grandes surfaces, ignorer de nouveau les producteurs locaux etc.

Bon sang, cela ne dépend que de nous !
Les gens ? ça commence par nous.
Les autres ? Ça continue par chacun de nous.

A nous de changer, de rester nourri de tout ce que nous avons découvert de bon de beau, de meilleur dans nos vies et dans nos rencontres ! Par exemple, ma famille du 4ième en face là-bas (voir J 41) que je ne verrai plus lorsque l'immeuble me bouchera la vue, il ne dépend que de moi de décider d'aller la saluer de visu, eu égard aux 50 fois où nous avons applaudi ensemble à 20h ! Je ne vais pas attendre qu'il le fasse ni me morfondre que les gens fassent ceci ou disent cela, j'y vais, je fais.
Pour changer le monde, commençons par nous-mêmes et cessons de nous plaindre que les autres ne le fassent pas !
Excusez ce mouvement d'humeur dans mes propos, cela tient à ma profonde conviction que chacun est responsable, pour une bonne partie, de son devenir et donc de celui des autres, en réciprocité, en solidarité.
Et là me viennent à l'esprit 2 mots que j'aime et qui tracent souvent mon chemin, et que je croise aussi régulièrement sur le chemin des autres :

La bienveillance et la gentillesse.

A bientôt
Christine

« Vivre aujourd'hui, demain est un autre jour ».

P.S : Plusieurs ont réagi à mon J d'hier, je vous en promets une retranscription demain...

Mercredi 29 avril 2020 J – 11

Je vous laisse la parole…Vous la prenez si bien ! Et ce sera ce soir entre positivisme et sautes d'humeurs.

A s'étonne : « Je suis touchée par les gens au balcon qui applaudissent, qui font des bonjours, qui s'aperçoivent que d'autres personnes sont là, je pense que ces moments de confinement auront rapproché les personnes. Dans notre village, nous ne sommes pas nombreux, mais un jeune couple nous demande si on a besoin de quelque chose et se propose de nous faire les courses. Il y a plus de lien, d'amitié... je trouve ça bien sympa dans la situation actuelle ».

B se lâche : « Ce qui m'agace, ce sont les critiques immédiates des citoyens ou groupes de citoyens, dès qu'une annonce est faite: "ce n'est pas précis…c'est trop court…c'est trop long… ce ne sera pas possible… ils auraient dû le faire avant…ils mentent " pour l'heure nous avons des hommes politiques qui font leur job, et plusieurs d'entre eux vont se retrouver devant le juge, car ils sont accusés de non-assistance à personne en danger, on marche sur la tête, qui voudrait être à leur place ? Aucun pays n'a trouvé la bonne solution, sauf les dictatures ... »
Alors ?
C'est facile de critiquer hier avec les connaissances d'aujourd'hui.

MF s'émerveille : « Belle journée, du bien, du bon, du beau : formule magique pour sourire à la vie.
Du bien : faire bien quelque chose en prenant le temps, du bon : un acte ou geste de bonté, du beau : ciel, nature,

merle, pousse de ...et MF aussi s'inquiète : beaucoup d'incertitudes avec ce virus qui fait virer les us et coutumes. Prévoyons notre déconfinement doucement, light, serein, sans grandiloquence.
Doucement car nous sommes pressés, disait Mac-Mahon.... »

JP perplexe : « Entre le rouge et le vert ? Un petit espoir, le fil à la patte s'allonge, pourvu que ce ne soit pas un élastique avec retour brutal dans la G... oui ce n'est pas trop littéraire, le confinement ne me vaut rien ».
Mais JP ton honneur est sauf, tu auras le dernier mot, littéraire, en bas de page.

De mon côté, au petit matin, après une nuit agitée de rêves incongrus pleins d'interdictions d'aller ici, des empêchements de partir là-bas, je suis réveillée par des marteaux piqueurs et des grondements d'engins de chantier... Je ne vous dis pas mon humeur ! D'autant plus que je découvre un ciel plombé de gris foncé qui n'augure guère d'une journée sereine. Un temps de méditation m'a (un peu) aidée « à prendre de la distance par rapport à des situations de stress » comme je vous le disais hier.
Et j'ai fini par esquisser un sourire intérieur lorsque je me suis aperçue que sur le chantier là devant, 4 pelleteuses bleue, orange, jaune et blanche, petites et grandes, disséminées sur le terrain, formaient comme un grand jeu multicolore pour enfants passionnés de ces engins ! J'ai pris une photo pour un de mes petits-fils, fan.
Tout à l'heure, j'ai bien apprécié l'émission de radio « le virus au carré », sur le futur du toucher et du langage du corps par les temps qui viennent, je vous en parlais dans le J 41. Il y était philosophé que le bébé appréhende d'abord par le toucher avant de voir.

C'est ainsi que ce sens est essentiel et prime sur les autres, dans l'apprentissage de la Vie.
Alors je n'ai personnellement pas perdu ce réflexe primaire et primitif. Et tous ces baisers volés par corona qui n'iront pas à mes petits-enfants, lorsque je les reverrai… Mais quand sera-ce ? Ils sont tous à plus de 100 kilomètres de chez moi, satanée distance qui relègue nos rêves d'embrassades aux calendes grecques, sans compter les recommandations susurrées par Edouard pour que les seniors choisissent raisonnablement de se reconfiner sagement.
Mais bon sang, que va-t-on gagner le 11 mai ? Si les restos, bars et cinémas sont fermés, si nous ne pouvons pas festoyer en nombre, si nous avons encore, et pas que les vieux, un fil à la patte, si nous ne pouvons pas aller voir tous ceux avec qui nous avons des liens virtuels actuellement… Et que nous rêvons de serrer dans nos bras.

Oui ! Ce ne sera pas la grande débandade pour nous les faux vieux (les vrais, on les appellerait des vieillards !) coincés serons-nous entre la peur de sortir et l'ennui de ne savoir que faire dehors. Alors, nous deviserons encore à distance, nous nous accrocherons à l'espoir que cela finira forcément un jour, le souci restant que les délais ne sont pas indiqués.

JP aura la conclusion du jour : « Pouvoir retourner dans le parc de Noisiel et sa zone humide et retrouver les 2 couleuvres à collier sortant de leur torpeur hivernale vues juste avant le confinement. Mais la vie continue comme le remarque tout le groupe. Continuité, nouvelle vie comme ces canetons au pied de mon immeuble, en devenir comme ces œufs qu'une poule d'eau m'a gentiment laissés observer. Et toujours dans "mon" petit ruisseau un superbe triton ».

A bientôt
Christine

« Vivre aujourd'hui, demain est un autre jour ».

Jeudi 30 avril 2020 **J – 10**

Au fil des échanges, des écoutes, de lectures, de débats… depuis hier ! Et comme je disais à une amie, nous devons gérer pour ne pas nous laisser submerger par les messages, les blagounettes, les actualités parfois plus anxiogènes qu'intéressantes… Je vous livre le fruit de ce que j'ai retenu et qui m'a particulièrement interpellée.

La distanciation sociale n'est pas un bon terme car il suppose une distance mise avec les autres, alors que nous sommes solidaires, et cela induit une méfiance, signifiée souvent par un recul physique lorsque l'on croise quelqu'un. Parler de « distance de sécurité » serait beaucoup plus approprié à conjuguer la prudence et un rapprochement social, dont nous avons de surcroît expressément besoin.

Si chacun est un danger pour l'autre mais que chacun se protège, nous parvenons à une égalité et un sentiment de solidarité.

Nous allons devoir reconsidérer et pour longtemps (peut-être toujours) le champ des interactions sociales. Le confinement nous fait renoncer au risque, pour être en

tranquillité. En restant confinés, nous sacrifions notre liberté de mouvement au profit de notre sécurité. Mais il est d'autres libertés qu'il nous est possible de vivre.
La liberté ne serait-elle pas la maximisation des possibles, quelles que soient les circonstances ? Ceux qui bravent le confinement usent de la liberté de choix de mettre leur propre vie en danger. Mais hélas cette liberté prise par certains, fait ressentir aux autres qui se sentent enfermés, comme une entrave supplémentaire à leur propre liberté. Et, pour alléger le propos, laissons dire ceux qui n'hésitent pas à me commenter, et j'aime beaucoup !

R m'écrit : « Merci encore une fois pour cette supposée feuille de chou qui donne les rythmes, les humeurs, les cogitations, les contemplations qui s'offrent à nous, qui nous traversent, que nous cueillons. Je deviens complètement accro au journal... Cette semaine, je l'ai trouvé de plus en plus profond à l'image de ces bons films qui continuent à nous faire cogiter une fois le film terminé. Quelle chance nous avons de ton cadeau quotidien ».

Et MF : « Ce satané virus nous apprend la patience, à maîtriser nos peurs et à développer notre adaptation pour parer à toutes les situations nouvelles, d'ailleurs, je crois qu'il me pousse des écailles et que je deviens caméléon... Demain 1er mai, en mai fais ce qu'Il te plaît.....pas cette année ! Attendons.....dessinons du muguet faute de le sentir ».

Que sera demain ? Les lents demains…

Pour être plus légère, suivez-moi dans l'heure que j'ai passée au jardin, ravigotée d'un matin froid et pluvieux par une très belle fin d'après-midi ensoleillée : réorganisation de mon balcon (de 3 mètres carrés 50 tout

de même !) entre les plantations, la petite table et les 2 chaises… Et le parasol !
Enlever des fleurs fanées des œillets, arroser un pot par ci, tourner un pot par là afin qu'il prenne plus de soleil. Sans compter les longues minutes où je regarde avec mon admiration naïve la pousse de capucine qui émerge de la terre, la graine de courge qui pousse ses premières feuilles vers le ciel, la petite coque beige ouverte laissant échapper le plant mais restant accrochée au bord de la feuille en équilibre.

Et faute de parler aux arbres, car pour leur parler il faut que je les entoure de mes bras, je parle à mes fleurs, à cette petite rose qui promettait d'être superbe et qui a pris il y a quelques jours un coup de je ne sais quoi.
Je l'ai bichonnée, j'ai essuyé chacune de ses feuilles meurtries et elle s'ouvre tout doucement malgré son feuillage jauni, comme une récompense, un doux cadeau.
Et le merle de mon platane répond à tue-tête à un autre qui semble nicher dans l'arbre là-bas, près de l'immeuble où j'ai fait connaissance avec la famille du 4ième qui applaudit avec moi ! Je sors à l'instant écouter le concert en dialogue de ces oiseaux dont le chant merveilleux restera mon grand bonheur de confinée, dans mon tout petit chez moi lyonnais.

Et, sans rapport aucun avec ce qui précède (quoique) j'ai très envie de laisser Nietzsche conclure ce soir par une phrase que personnellement j'adore et que j'ai eu l'occasion de vivre profondément :

« Il faut avoir du chaos en soi pour enfanter d'une étoile qui danse »

A bientôt
Christine

« Vivre aujourd'hui, demain est un autre jour ».

Vendredi 1er Mai 2020 **J - 9**

La journée démarrait très mal : un crachin froid sous un ciel bas et un réveil mou, sans élan.
Un 1er mai bizarre où on devrait se souhaiter de la gaieté, et de préférence, de la gaieté à vivre ensemble.

L'histoire de la fête du travail, voilà qui a aiguisé ma curiosité et dans l'esprit de me coucher ce soir en ayant appris quelque chose (Cf. J… ?) je me suis penchée sur la question.
Entre la fête celtique de Beltaine, rituel qui marquait le passage de la saison sombre à la saison claire, avec victoire de la saison claire évidemment… La commémoration des revendications ouvrières de Chicago en 1886 pour obtenir la journée de 8 heures, et ils l'ont obtenue, évidemment… Le passage en France en 1919 de la même loi qui fixe la journée de travail à 8 heures, où l'assemblée a voulu honorer cette décision de progrès en rendant le 1er mai jour de congé, nous y voici ! Et cela perdure évidemment…
Puis le symbole du muguet, fleur japonaise nommée « le lys des vallées » introduite au Moyen-âge en Europe et symbolisant le printemps… Vous avez peut-être appris quelque chose et moi, je me suis ragaillardie au rappel de

ces petites nouvelles plutôt intéressantes. Et mon regard ainsi que mes perceptions ont-elles été modifiées, ou avais-je décidé alors de vouloir capter le positif de cette journée ? Les 2 conjointement mon capitaine, et je vous engage à tenter ce deal…
Mon amie C est venue très tôt prendre mon caddy pour être dans les premiers au petit marché de producteurs improvisé depuis quelques semaines dans une cour de la rue. Et voilà qu'elle me rapporte une brassée de légumes verts, rouges, blancs, jaunes, craquants, croquants, des salades fraîches cueillies du matin, des radis fiers, dodus et goûteux. Franchement les voir fut un régal, commencer à les cuisiner un plaisir et ce sera une gourmandise de les manger, en soupe, en gratins, en salades variées… Vous en avez l'eau à la bouche non ?
Puis se sont succédé sur tous supports, les bouquets de muguet virtuels, les photos des jardins, de correspondants variés, amis ou relations, distribuant du bonheur, de la joie, de l'espoir, de la poésie… étonnants aussi, avec les abeilles de mes enfants québécois, « annonciatrices des beaux jours qui arrivent ». Et tout cela en plein confinement, accrochons-nous en effet aux beaux jours des lents demains, car j'ai oublié une autre référence au 1er mai « En Mai fais ce qu'il te plaît » Mais oui bien sûr… On lui dira !
Aux messages reçus, j'ai envoyé faute de muguet, la photo de ma toute petite rose, rescapée (voir le J d'hier) elle s'ouvre délicatement comme pour s'économiser et me permettre de la contempler plus longtemps…
Et puis, le merle chante malgré la pluie fine, bien caché aujourd'hui. Je ne le distingue pas dans les frondaisons généreuses de ces 5 arbres regroupés plus loin dans la cour du resto 27, derrière mon platane, et moi j'y vois un petit bois… on a le droit de rêver non ?

Du positif encore lorsque P me fait un texto pour me dire qu'avec T ils vont faire des courses demain, et me proposent de ramener les miennes.

Je les invite à descendre du 3ième à mon second étage, venir chercher le gâteau surprise que je leur ai préparé pour les remercier de leur gentillesse. Et elle arrive avec T et nous conversons sur le palier, à bonne « distance de sécurité ». T me dit que c'est son anniversaire aujourd'hui, il a 32 ans ! Ils vont y mettre des bougies peut-être, il avait l'air heureux et m'a gratifiée d'un grand sourire (que j'ai pu apprécier puisque le masque n'était pas utile pour descendre quelques marches !). Enfin, j'avais trouvé quelqu'un à qui souhaiter un joyeux 1er mai ! Et de surcroît un bon anniversaire. Et lui content manifestement, comme moi, de parler à quelqu'un de visu, vivant, pas virtuel, présent quoi !

Et mon amie MF de Colombes a eu une réaction inspirée… à 3h30 du matin !
« En partant d'un petit rien, on peut élargir son regard » de Jamy (du monde de…).
Supporter les circonstances en les transformant en opportunités, nous arrêter sur les choses qui nous entourent, les gens auxquels nous ne prêtons pas attention. Allons-y gaiement, sans modération ».

Bonne journée MF, humons le muguet !
Super si mon journal peut nourrir tes insomnies et t'aider à les supporter, un coucou amical vers toi, amie et lectrice assidue. Histoire de booster cette fin d'après-midi… toujours aussi maussade mais carrément transformée par le chant de… Non je radote ! Mais il est bien toujours là, enchantant mon écriture.

Il me vient alors une citation de Nicolas de Chamfort « Les raisonnables ont duré, les passionnés ont vécu », je vous laisse deviner de quel côté je me sens bien. Mais Camus aura le dernier mot du jour :

« Pour qu'une pensée change le monde, il faut d'abord qu'elle change la vie de celui qui la porte ».

A bientôt
Christine

« Vivre aujourd'hui, demain est un autre jour ».

Samedi 2 Mai 2020 **J - 8**

« Rends-nous la liberté… La joie de nous aimer…
Arrête de t'accrocher mordicus…Coronavirus ! »

Avec ce couplet entendu d'une chanson enfantine fraîchement composée, je démarre mon J avec une légèreté feinte mais une envie de jouer de cette période vraiment surréaliste que nous vivons, ou plutôt que nous subissons. Reste à faire en sorte que l'apparente soumission devienne un choix libre de rester confinés pour se protéger. C'est en tout cas mon combat intérieur actuel car l'enfermement, c'est difficile pour tout le monde, mais il y a aussi la peur d'être contaminé ou de contaminer.
Tout à coup, l'extérieur ne fait plus diversion dans nos vies mais est considéré comme un risque.

Je m'offre chaque jour un petit quart d'heure de méditation pour réduire le stress qui monte parfois en pensant aux jours d'après.

« C'est un peu comme une montagne encerclée de nuages, la méditation en pleine conscience va agir comme le vent, dissiper les nuages et montrer quelque chose de stable sur lequel s'ancrer » a écrit Franck PLÜSS joliment nommé « happyculteur ».

Vous me direz, avec ce froid (10° ce matin à mon balcon) et cette pluie fine incessante, un ciel uniformément et désespérément grisâtre... Je n'ai pas résisté à l'envie de rester confinée au chaud et aucune envie d'aller marcher. Mes amis à la campagne me parlent même de soirée au coin du feu. Un peu décalés avec tout cela : nous sommes en plein « pont » du 1er mai, ce début des week-ends de Mai tellement allongés en 2020 et impossible d'en profiter vraiment ! Et, en ce moment où la culture prend inexorablement plus de place, voire occupe une nouvelle place dans nos vies de confinés au travers de nos distractions intérieures et virtuelles, je vous cite cette phrase glanée que j'aime beaucoup :

« Si vous pensez que les artistes sont inutiles, imaginez un confinement sans livres, sans musiques, sans films, sans dessins » !

Au-delà de la crainte de ce déconfinement du 11 mai qu'il nous faut intégrer comme « progressif », beaucoup d'inquiétudes circulent sur ce que sera « la vie d'après ». Des doutes s'insinuent dans les esprits désireux de voir des changements profonds advenir, et sur la réalité de ce que nous appliquerons de ce que nous aurons appris...

Trop long pour poursuivre ce soir… à suivre… à vous peut-être de me dire ce que cela vous inspire ?

Je m'étais engagée pour vous convaincre de le faire, à citer 3 points positifs que j'appelais « ***petites perles de rosée quotidiennes*** », cela remonte déjà au J 30 et à la jolie idée de A.
Ce sera d'abord ma joie de recevoir un mail de A qui n'avait pas été destinataire de mes J (vous savez c'est comme l'histoire de mon couple d'amis qui ne veut pas loucher sur la boite de l'autre et donc, je les mets finalement tous les deux séparément dans ma liste !) donc n'en ayant pas eu connaissance, elle semble ravie que je rectifie cet apparent oubli. Je l'ai même rendue destinataire de quelques exemplaires passés.
Puis c'est un échange avec une propriétaire ayant déposé une annonce d'un T3 à louer dans le quartier !!! Annonce vue sur un site confidentiel, ce qui me laisse une petite chance de ne pas me heurter à 50 concurrents sur le coup. Je suis l'affaire…
Enfin, le café « philopsy » du jour avec T, particulièrement éclairant. Nous avons devisé sur nos perceptions des relations intra familiale, bousculées et revisitées par le confinement de tous, dans nos lieux respectifs souvent lointains, parfois dans des conditions de confinement très différentes… Chut, discussion classée top secret, mais j'imagine que cela interpelle plus d'un, y compris dans le fait du manque de partage, de la frustration des manifestations affectives, et du report obligé de certains évènements familiaux.

Je trouve une dernière « ***petite perle de rosée quotidienne*** », pour le plaisir et compenser l'oubli des jours passés : Une conversation en vidéo wathsapp, avec Mathilde, 16 ans et demi, l'ainée de mes petits-enfants. C'est donc elle qui m'a dotée en premier de ce statut merveilleux et de mon nouveau rôle de grand-mère. Est-ce pour cela que nous avons me semble-t-il un lien très spécial ? Nos échanges, genre également philopsy et vie quotidienne, ont duré plus d'une heure… ce fut super bon.

Coucou ma petite chérie, toi qui es une fidèle lectrice de mon journal et qui même adorablement, m'en félicite et s'extasie souvent. Merci !

A bientôt
Christine

« Vivre aujourd'hui, demain est un autre jour ».

Dimanche 3 Mai 2020 J - 7

Il y a des jours comme cela où l'inspiration n'est pas de reste et se dispute avec l'imaginaire, où les grandes réflexions philosophico socio psycho machin m'assaillent !
Les sujets se sont bousculés dans ma tête et au bout de mes doigts ce soir, pour vous concocter ce J 48.
Vous annoncer déjà que je fais pour le J 50, numéro hors série spécial (5 dizaines de jours de confinement), une étude statistique des âges et des lieux de vie de tous mes lecteurs et lectrices !
Revenons au pragmatisme qui sera, ce soir, particulièrement vert, et le moment de vous placer cette maxime que j'adore :

« Vous n'êtes pas indispensables. L'air, la terre, l'eau, et le ciel sans vous vont bien. Et même mieux. Quand vous reviendrez, rappelez-vous que vous êtes mes invités, pas mes maîtres ».

Je m'étais promis de trouver chaque soir ce que j'avais appris du jour. Cela m'oblige à scruter mon regard intérieur et à mettre un peu de soleil dans mes yeux... Ce soir j'ai beaucoup appris sur... les coléoptères ! Figurez-vous que, dans mon pot de terre où s'épanouit mon petit olivier, en sarclant avec une fourchette, je découvre de gros vers blancs enfouis. Puis un autre et encore un autre, un peu dégoûtée d'abord, intriguée ensuite, inquiète aussi car ils peuvent être nocifs pour la végétation, cela dépend. Alors avec S et Internet, j'ai tout compris : ce sont des larves de hanneton ou de cétoine, l'un est nocif pour la terre et les végétaux et vit en parasite, l'autre est un bienfait pour ameublir le sol et aider à la décomposition... J'ai bien observé ce sont des larves de cétoine qui ont fini donc, bienheureusement, dans le compost de mon immeuble ! Et adultes, elles vont polliniser les fleurs, Cétipabo la vie ? Reste le mystère de la ponte d'une femelle cétoine sur mon balcon. Sans doute le calme du confinement a-t-il favorisé ses aventures en ville...

Et mes 3 ***perles de rosée quotidiennes*** ?
Voici : Une visite téléphonique avec mon amie C d'Ardèche dont je n'avais aucune nouvelle depuis longtemps. La perle de la richesse de nos échanges, de notre complicité et l'apothéose avec le fait que, lui disant que je me gendarmais pour rester « sortable « chaque jour, alors que je ne vois personne, lui ai même dit que je me parfumais. Elle a deviné le parfum de fleurs avec lequel je

me suis habillée ce matin, une senteur de rose, elle m'a dit « Bien sûr, je sens… mon téléphone est très odorant » !

D me confie que sa perle de rosée à elle c'est la réception de mon journal, ce qui en fait en retour une perle pour moi.

Je suis si heureuse de provoquer des cascades de bonne humeur, des envies (en-vie) de regarder autrement avec acuité, lenteur et douceur toutes choses de la nature. Même mon merle, dont je croyais parler trop souvent, eh bien non, beaucoup se sont découvert des merles dans leur environnement et ils ne les ont jamais autant écoutés, voire découverts.
Ma 3ième perle : A m'annonce que le jasmin de son balcon lyonnais est en fleurs et embaume, belle nouvelle ! Et le citronnier va suivre…
Et comme le temps qui, de frais et pluvieux à l'aube est devenu ensoleillé, la journée s'est déroulée avec un optimisme grandissant, à partir d'un café improvisé avec A ; A est mon ex infirmière à domicile, devenue une amie et qui m'accompagnait chaque jour, ces derniers 6 mois de ma petite galère post opératoire : soins/traitement/suivi. Je ne la voyais plus depuis une semaine, plutôt une bonne nouvelle pour ma santé mais une frustration de relation, car elle est la seule à entrer chez moi depuis le confinement. Je l'avais invitée à passer à l'improviste entre 2 de ses visites pour une pause détente autour d'un café entre une confinée redevenue en forme, et une professionnelle de santé masquée.
Entre salon et balcon, elle a choisi le partage d'un café au salon de jardin balconnier, le soleil émergeant pour nous caresser de l'œil, avec pour fond sonore à nos bavardages sympathiques, le concert mêlé des oiseaux du matin.

Et enfin un propos réjouissant de MF faisant écho à mon dialogue narré hier avec Mathilde :

« Notre petite fille de 3 ans qui nous appelle, pour prendre de nos nouvelles....tout y passe....et qui termine ....je vous rappellerai, souvent sur Skype....Vive la technologie ! Beau dimanche !! »

Et le crépuscule tombe doucement lorsque le chant du merle s'éteint. Une odeur de brochettes taquine mes narines, je cherche vainement où se trouverait la terrasse où se cache un barbecue ? Enfin, je me scotche devant « Belle et Sébastien » et cet amour fabuleux entre un petit garçon et un chien. La montagne, les marmottes, les paysages m'enchantent et me font rêver…

A bientôt
Christine

« Vivre aujourd'hui, demain est un autre jour ».

Lundi 4 Mai 2020 J – 6

« Si vous pensez vraiment que notre environnement est moins important que notre économie, essayez juste d'arrêter de respirer, le temps que vous comptiez votre argent » a dit Guy Mc Pherson.

Cela aurait pu être l'entrée en matière de notre kfé carrément philo/socio de ce matin avec T, ou même la conclusion. Nous avons devisé 1 heure sur le monde d'après, possiblement changé, selon nos volontés, conformément à des valeurs que nous avons retrouvées fondatrices. Ce monde assujetti au politique, coincé par le royaume de la finance, plein d'espoirs, rongé par nos déceptions, prometteur de « lents demains » qui chantent ? Ou tout à la fois... Difficile de vous résumer notre discussion, mais si prolixes que furent nos propos, ils n'ont pas manqué d'être nourrissants, promis à se renouveler...

Et je ne résiste pas à vous faire part d'une de mes découvertes intellectuelles. Alain Caillé sociologue dit « la crise du coronavirus est celle du néo libéralisme » Face aux quatre crises – morale, politique, économique et écologique – qui menacent l'humanité, 64 intellectuels issus de l'alter mondialisme, de l'écologie et du christianisme social proposent un « Manifeste convivialiste » dont Alain Caillé est le catalyseur. Plus simplement, il pose la question « comment vivre ensemble en s'opposant sans se massacrer ? » Je vous convie à aller voir, mais peut-être y a-t-il parmi vous des connaisseurs ? En tout cas, la présence d'Edgar Morin (98 ans rendez-vous compte !) dans ce manifeste convivialiste me suffit personnellement à aiguiser et à flatter par avance mes neurones.

Mes perles de rosée du jour :

Le rapprochement de mes 2 amies lyonnaises, faisant jardins sur balcons, et ne se connaissant pas encore. La balade urbaine avec C me faisant admirer tous les espaces verdoyants, aménagés dans son quartier, s'est terminée par la rencontre (prévue) de A au pied de son balcon, et qui faisait cadeau à C (qu'elle ne connaissait que par mes paroles et le J) de pensées qui avaient plus de chance de s'épanouir sur son balcon nord. « C'est par les pensées qu'on se rejoint ! » avons-nous conclu fièrement, nous

promettant de refaire un partage plus bavard entre déconfinées. Ce fut un joli moment.
Je me suis créé ma perle de rosée toute seule dans la façon dont j'ai réussi à traduire à T ma crainte que le monde d'après ne soit pas si différent, je veux dire sans remises en question minimalistes de nos modes de vie, de relations etc. : en particulier (parce que je me sens plus concernée par ce public, moi-même risquant d'y être incluse)…
Il ne faudrait pas que les « retraitées surbookées » d'avant, soient devenues aujourd'hui des « confinées débordées » et qu'elles ne redeviennent le jour d'après, des retraitées autant surbookées !

Il est vrai que l'ennui n'a pas de prise sur moi et il faut tout de même bien prioriser les occupations. Pour moi priorité absolue en ces temps difficiles aux échanges en direct, et si quelqu'un ne peut me joindre, c'est forcément que je suis déjà en ligne, sachez-le. Ou que je fais une petite pause muette pour apaiser mes oreilles, ma langue et mon cerveau, ou une petite séance de méditation bienfaisante,…et la nuit, je dors !
Enfin, je reviens au balcon qui, au chaud soleil de cette après-midi, devient presque difficile à supporter. Je n'ose imaginer l'été à Lyon, dans les mêmes conditions. Ouah ! Et le confinement m'a empêchée de demander à un artisan la pose d'un store. Je vais me pencher sur cette grave question. Mais je m'égare…

Le 3ième point positif, perle parmi les perles, encore et toujours, le chant du merle, mélodieux, emplissant l'espace, colorant les alentours et réjouissant mes oreilles comme la fraîcheur d'une cascade…
En sus, et ce fut hier soir, je ne peux louper notre apéro du dimanche par vidéo wathsapp avec mes sœurs Béa et Bri comparant toutes les 3 nos petits canapés et amuse

gueules, et nos verres de porto ou de vin, que nous avons entrechoqués « tchin » sur nos écrans de Smartphone.
Je ne veux pas me lasser de trouver des points positifs, dont enfin notre conversation avec R sur les rangements, et savoir tirer profit de ce temps imposé pour faire un peu de vide dans tous nos fatras. « L'art de l'essentiel » de Dominique Loreau et son sous-titre « Jeter l'inutile et le superflu pour faire de l'espace en soi » un livre qui arrive à point nommé, très inspirant, très aidant. Il fut, et reste, un de mes livres de chevet dans ma traversée de ces aventures déménagement et changements de lieux de vie. Je vous le conseille vivement.
Je laisse MF me donner la phrase d'Arnaud Desjardins, pour clore ce J.

« Le bonheur ne dépend pas de ce qui nous manque, mais de la façon dont nous nous servons de ce que nous avons ».

A bientôt
Christine

« Vivre aujourd'hui, demain est un autre jour ».

Mardi 5 Mai 2020 J – 5

Chose promise, chose due, pour fêter notre 50ième jour de confinement et honorer ce journal qui fera date dans nos mémoires d'ex-confinés, voici l'analyse des profils de tous mes lecteurs :

Je dois dire que j'ai beaucoup travaillé sur les 70 adresses mail correspondant à près de 100 lecteurs directs pour ce que j'en sais, car partageant la même boite mail.
Un temps déjà pour réfléchir aux éléments statistiques qui seraient intéressants. J'ai choisi les éléments suivants : âge, sexe, adresses correspondant pour quasi tous (à 3 exceptions près) aux départements de confinement actuels.
Cette approche m'a absolument ravie car j'ai pu voir la diversité des profils des gens auxquels je tiens suffisamment pour les avoir rendus destinataires de mon journal : en fait mes amitiés, ma famille proche, et des relations nouvelles qui se construisent dans le positif et l'affection timide.
A chaque croix dans mon tableau « crayon, papier, règle » artisanalement j'aime bien, je me suis remémoré chacun et chacune d'entre vous, j'ai dû faire travailler mes méninges pour noter les âges, et je me suis réjouie à vous situer sur une carte de France... et du monde !
J'ai une frustration, c'est de ne pouvoir, en tout cas en l'état de notre situation et surtout compte tenu des diversités de lieux, faire se rencontrer certains. Comme m'a dit mon amie C « J'aimerais bien connaitre A ou T, je vois dans ce que tu dis de nous que nous aurions de quoi partager » ; mais alors là, c'est carrément génial de créer des liens virtuels, peut-être de futurs liens plus profonds entre mes amis des 4 coins de... partout !
Nous nous sommes bien sûr aperçues que, ayant tous un lien avec moi, toutes ces lectrices et lecteurs ont forcément quelque part des points communs entre eux.
L'analyse porte donc sur les 70 destinataires directs inscrits sur ma mailing liste :
52 femmes et 48 hommes, la plus jeune ayant 16 ans, le plus âgé 79. Par tranche d'âge : 6 ont moins de 40 ans ; 20 sont des quadra, 10 sont des quinqua, 14 sont des sexa, et 20 sont des septua, pour une moyenne d'âge de 56 ans !

Quel superbe panel non ? Nous cumulons ensemble 3983 années de vie ! 4000 si on tient compte de mes erreurs de « rajeunissement » que j'ai commises pour certains, on ne voit pas le temps passer. Vous vous répartissez sur 4 pays : La France majoritaire bien sûr puis 2 au Canada, 1 en Tunisie, et 1 au Portugal. En France je retrouve les 66 autres sur 17 départements couvrant 9 régions différentes. Vous habitez dans les départements suivants, et n'hésitez pas à me dire si j'ai oublié quelqu'un ? 20 en Ardèche, 18 dans le Rhône, 9 sur Paris et sa couronne, 3 dans l'Ain, 3 en Corrèze, 3 en Isère, 2 dans la Marne. Puis quelques autres dans le Finistère, le Tarn et Garonne, la Haute Garonne, les Côtes d'Armor, le Calvados, la Drôme, la Seine-Maritime et la Côte d'or.

J'ai fait ce travail, qui m'a pris des heures, avec un réel bonheur, car j'allais de découverte en découverte. D'abord, j'ai révisé ma carte des départements, j'ai fait travailler mes méninges et j'ai un peu triché pour trouver leur numéro, j'ai dû chercher mais pas toujours trouver les âges exacts de chacune et chacun de vous, pas facile : Je me repérais dans mon histoire personnelle avec vous mais j'ai séché sur ceux et celles que je connais depuis peu.

Je me suis réjouie d'avoir tant de relations amicales et si dispersées et ai réalisé que sur chaque lieu, cela correspond à un moment de mon histoire… et de mes déménagements.

Je me réjouis d'avoir dans le Rhône, mon département d'adoption, presque autant de liens qu'en Ardèche, mon ex département d'adoption mais de cœur pour toujours.

Cela en fait une quantité de perles de rosée, et me vient cette image : celle de vous tous dispersés dans une grande

prairie, au petit matin, comme des perles de rosée accrochées au fil des herbes dodues et d'un vert printanier. Alors je décide en ce jour que je ne pourrais pas m'arrêter au déconfinement à J 55 !
Ferais-je une édition différente, un blog… Des idées à me suggérer ? Car je n'ai aucune envie de rompre ce lien qui semble nous faire tant de bien, et qui dessine dans « la vie d'après » toutes les rencontres que je me promets de faire ou refaire… Les rencontres, dont nous avons tant manqué, je dirais à ce propos comme Boris Vian « "Je voudrais que tu sois là, que tu frappes à la porte et tu me dirais c'est moi, devine ce que j'apporte... Et tu m'apporterais toi."
Pour clore ce J, imaginez ma joie exaltée ce matin, en découvrant sur le bord du terrain d'en face des coquelicots (ma fleur sauvage préférée) au milieu d'herbes sauvages, en pleine ville !
Vive le confinement qui a permis à cette fleur capricieuse de se montrer, elle qui ne supporte pas la pollution…

A bientôt
Christine

« Vivre aujourd'hui, demain est un autre jour ».

Mercredi 6 Mai 2020 J- 4

Des réactions à l'édition spéciale du J 50, statistique et amical. …
A : « J'imagine une réunion en été sous les ombrages du Clos de cerises, ou plutôt au printemps prochain sous les

cerisiers en fleurs…Chacun apporterait une spécialité de son pays à partager, nourritures et breuvages divers, et ce serait enfin l'occasion de connaître qui se cache derrière les lettres C, M, B, A, T… et surtout sans masques !!! Tu as raison, nous devrions bien avoir quelques points communs entre nous tous, nous devrions arriver à nous entendre ! Moi qui me désolais aujourd'hui de ne pas pouvoir faire de projet, tu me redonnes envie d'en faire ! »
Et C imagine la suite : « sacré panel et diversité !

Un blog sur le "déconfinement "ou "après le confinement" ou "une vie reprend… Autrement ? »
MF : « Et après... oui un blog peut être hebdomadaire... Déjà tu pourrais relier toutes tes lettres de confinement... de belles pages de prose ».
C'est fait, quelqu'un connait un éditeur ?

P : « Super ces stats ! Alors pour ma part, je suis un homme de 48 ans habitant en Ardèche ! As-tu juste sur tous ces critères ? » … Dis… Homme ardéchois, je peux difficilement me tromper ! Mais je t'ai rajeuni en comptant que tu avais 46 ans. Et P me précise « Oui le coquelicot est une plante qui reflète la qualité du sol, tout au moins côté pollution... Je suis ravi d'avoir plein de fleurs de cette espèce dans une partie de mon jardin. Je vais entretenir ce carré de coquelicots, un peu en mode rebelle : nous voulons des coquelicots ! ».
Oui P je vois. A Lyon je suis ce mouvement !

Et ce matin, réveil en fanfare à 7h : Les ouvriers du chantier de la rue tamponnent le sol avec conviction et le terrain nu devant chez moi se peuple d'engins extraordinaires. Que vais-je avoir à écrire ? Même pas de jardinage possible. Tout d'abord dépitée et les oreilles cassées, je me suis prise au jeu de la curiosité et ai scruté

toute la journée les manipulations, les gestes, les allées et venues des engins, j'étais littéralement fascinée ! Je vous précise que je suis au second étage, juste en face et donc aux premières loges pour prendre photos et films dignes d'assouvir la curiosité de certains de mes petits-enfants, fans des travaux publics.
Un gigantesque camion, monstrueux, d'environ 15 mètres de long, transporte les éléments en acier d'une gigantesque grue en kit. Et je comprends à toutes ces manipulations qu'un croisillon est d'abord posé sur la dalle en béton préparée d'hier, et tout un assemblage renforcé par des plots de béton (il ne s'agirait pas que la grue bascule car je réalise qu'elle arriverait sur mon balcon !) ; à chaque fois que le filin de la grue d'un autre camion extrait un morceau, cela fait comme un spectacle de surprise en surprise qui se dévoile en se hissant hors du camion : un jaune, un rouge, un blanc et cet immense mécano voit ses pièces étalées par terre, avant qu'elles ne s'assemblent ou ne s'emboitent comme un gros très gros lego. Je ne pensais pas y voir du positif mais franchement, j'ai adoré regarder et suivre ce spectacle tout au long de la journée, j'en ai presque oublié le vacarme.
J'ai pris une dernière fois en photo mon grand espace de ciel lumineux, si agréable et reposant, avant que la barre de la grue du chantier ne vienne, demain sans doute, barrer mon paysage. Potain trône désormais au sommet de la grue au-dessus de la cime de mon platane.
Potain s'appelait Faustin (1898-1968) et a fondé son entreprise en 1928 à La Clayette en Saône et Loire. Cela m'a donné l'occasion d'apprendre quelque chose et je me coucherai contente. Il faut vous dire que tous les métiers de la construction ont toujours attiré la petite fille que j'étais mais…fille !

La journée s'est achevée avec mon 1er cours de batterie confinée, avec Julian, par Skype : trop fort ! Nous avons surtout rodé la technique, et commencé les essais sonores. Suis ravie d'avoir tout compris. Me voilà prête à tenter le deal avec ma sœur Béa, entre son piano et ma batterie, à distance. En effet même déconfinés nos instruments un peu imposants ne peuvent pas bien se rejoindre.

Ma ***perle de rosée*** : un ouvrier du chantier s'est éloigné des autres pour faire sa pause-déjeuner. Assis dos à la grille du chantier, les pieds dans le carré d'herbes sauvages, la tête tournée vers les coquelicots et le tronc imposant du platane.
Repas silencieux un brin bucolique et poétique. J'aime beaucoup cet instant volé.

Les envolées d'oiseaux, ralenties en cette après-midi agitée, reprennent ce soir et des hirondelles (que je vois ici pour la 1ère fois) dessinent des volutes et habillent le ciel d'arabesques légères. Les merles emplissent ce soir l'espace sonore toujours aussi merveilleusement.

A bientôt
Christine

« Vivre aujourd'hui, demain est un autre jour ».

Jeudi 7 Mai 2020 J – 3

… « Avant que la barre de la grue du chantier ne vienne, demain sans doute, barrer mon paysage » disais-je. Et bien non ! Ce que j'ai craint hier n'est pas arrivé.

J'ai retrouvé mon grand espace de ciel bleu, Faustin ayant rangé sa grue sur le côté, le sympa…

En fait, j'ai suivi la levée par une grue à coulisses, de tous les éléments verticaux de la grue, empilés comme un mécano, puis la flèche horizontale et ses 4 parties assemblées au sol et occupant toute la rue, hissées à hauteur (30 mètres ?) et les ouvriers montant les échelles intérieures et cheminant le long de la flèche avec des mousquetons (comme à l'accrocrobranche) jusqu'au bout pour arrimer tout ça. Je ne peux imaginer les boulons, les vis, les attaches de fous pour rendre cohérent, équilibré et sécurisé, le tout.
Admirable savoir-faire, concentration et sérénité pour ne pas trembler là-haut, correspondant à 10 étages au moins… Bravo les travailleurs manuels et, comme disait un artisan que j'ai interviewé dans une ancienne vie pour élaborer un rapport sur l'apprentissage, et principalement sur les métiers manuels : « Ce n'est pas parce qu'on travaille avec ses mains qu'on ne travaille pas avec sa tête ! »
J'ai passé quasiment la matinée à les observer, les admirer, prendre photos et film… Un vrai reportage ! Et j'en ai appris des choses, encore et toujours, j'adore…

Avec le numéro spécial J 50 et l'approche d'un déconfinement prudent progressif, peureux… Vous faire aussi le bilan de toutes ces fleurs, massifs et arbres explosant au printemps, que j'avais réclamés, et dont vous m'avez fait profiter : j'en ai une bibliothèque de plus de 200 images enregistrées ! Je n'ai pas eu le courage de faire un diaporama mais je les regarde en défilé de temps en temps pour enrichir la vue certes chouette mais minimaliste, de mon balcon. Merci à tous !

Et face à toutes les belles paroles et intelligentes réflexions, que nous entendons de-ci de-là et qui sont censé nous permettre d'affronter ce lundi 11 et l'après...j'ai glané des phrases que j'aime, j'en livre quelques-unes à votre sagacité :

« Ne regrette jamais, lorsque c'est bien c'est magnifique, lorsque c'est mal c'est de l'expérience » Victoria Hott.

En chinois, le mot crise signifie « opportunité » ou danger.

« Ce n'est pas parce que les choses sont difficiles que nous n'osons pas les faire, c'est parce que nous n'osons pas les faire qu'elles sont difficiles » Sénèque

« Accepter ce qui se passe de si incroyable en ce moment en ce monde, n'est pas subir ; mais accepter c'est la capacité de retourner la contrariété en opportunité... » Frédéric Lenoir.

Nous vivons depuis 8 semaines une expérience de privation de liberté subie, comme jamais personne n'en a eu l'occasion dans le monde entier.
Mais être privé seulement de liberté de mouvement peut nous permettre d'acquérir une liberté intérieure.

Nelson Mandela a dit en particulier : « J'ai appris que le courage n'est pas l'absence de peur mais la capacité de la vaincre... Je ne perds jamais, soit je gagne soit j'apprends... Cela semble toujours impossible jusqu'à ce qu'on le fasse... La plus grande gloire n'est pas de ne jamais tomber, mais de se relever à chaque chute ». Inspirant pour le moins non ?
Ne serait-ce pas son temps de méditation quotidienne qui lui a permis de vivre enfermé pendant 27 ans, et de ne pas devenir fou ? Moi j'y crois, je l'expérimente depuis mon

aventure, pas l'enfermement mais la méditation ! Et je me suis même découvert une propension à la contemplation ; cela explique sans nul doute ma capacité d'intériorité et mon regard aiguisé, voire naïf, béat mais pas benêt, sur ce qui se passe depuis mon balcon.
A 2 pas de lundi, une grave question m'obsède pour moi, pour vous, pour mes proches … Comme le proposait un chroniqueur hier :
« Quelle est la chose que vous voudriez faire en priorité lors du déconfinement » ?
Alors, là je m'envole sur des choses que je rêverais de faire… sur ce que je voudrais faire mais que je ne pourrais pas faire… sur ce que voudraient faire avec moi mes proches, mes amis, et à l'invitation de laquelle je ne pourrais répondre. Alors zut, c'est bien compliqué car malgré tout je crains un déconfinement débridé, imprudent, qui me fait toujours ressentir le risque, mais « si le pire est toujours possible, il n'est jamais sûr ! » a dit je ne sais qui.

Alors je conclus comme Nietzsche « Il faut savoir dire un grand oui sacré à la Vie » !

A bientôt
Christine

« Vivre aujourd'hui, demain est un autre jour ».

Vendredi 8 Mai 2020 J – 2

Je ne sais pas vous… quoique certains m'en font part, mais moi je crains plus la sortie du confinement que je n'en ai craint l'entrée ! Nous sommes abreuvés d'informations paradoxales : oui, nous pourrons sortir sans attestation dérogatoire et sans limite d'heure, ouf ça c'est pas mal. Mais par ailleurs, surtout nous les seniors, nous devrons faire encore très attention, cela étant laissé à notre responsabilité, ok on est assez grand pour prendre soin de nous. Au fait quasi la moitié de mes lecteurs doivent se sentir concernés !

Déjà, avec ce temps d'été, en tout cas à Lyon, on sent comme un parfum de liberté qui s'infiltre dans les rues, avec le bruit grandissant d'engins à moteur pétaradant d'impatience et les ébats joyeux de tous ces enfants en trottinette, à vélo ou en skate, sous mon balcon sur les trottoirs.

On dirait comme un dimanche ou un jour de congé, sauf que cela fait 8 semaines que c'est dimanche !

Il flotte comme une atmosphère de répétition générale avant le spectacle, le grand saut… Alors lundi, dans 3 jours, ce sera tous à l'assaut des parcs qui vont rouvrir, tous en folie dans les magasins qui nous attirent déjà avec une communication de fous… Aïe, que sera-ce ?

Le monde d'après ne sera pas différent dès le jour d'après, j'ai bien peur que stimulés par des supposées nécessités vitales, tous les gens n'aillent faire foule dans les rues, les transports, queues dans les commerces, balades groupées dans les parcs.

Alors, oui moi je vais rester confinée encore un peu, comme planquée dans les coulisses, ou même encore dans ma loge, afin de voir déjà comment va se passer la première sur scène. Et les émissions, débats, exposés sur corona, la manière de supporter le confinement, de travailler sur nos émotions, de sublimer nos tendances dépressives, de nourrir notre cerveau de belles choses et de bien investir dans notre santé mentale et physique pour rebondir sont remplacés par… la même

chose ! Mais pour nous aider à être résilients, à apprendre à couper le flux anxiogène de nos pensées, à mieux prioriser nos actions, à chercher à se retrouver « ensemble » mais avec la distanciation physique.
Ah, enfin, ils ont remplacé ce mot terrible de distanciation sociale !
Comment peut-on en effet vivre le « ensemble » en s'éloignant des autres ?

Alors il nous faudra transformer l'envie de se toucher, par la puissance du regard, remplacer la perception d'un visage caché par une qualité relationnelle plus profonde… Se toucher délicatement des yeux...
Et je pense comme beaucoup que le monde ne sera plus comme avant, qu'il faudra bouger dans sa tête et dans son cœur, revoir peut-être nos priorités de vie, de travail, et les revisiter avec tout ce que nous avons découvert en étant coupés de l'extérieur. Ce sera une sacrée page d'histoire dans nos vies, et dans le monde, et de sacrés virages à venir sur les plans économique, politique, et j'en passe…

Je ne vais pas virer dans l'argumentation militante ou révolutionnaire, je vous tairai mes désirs secrets, mais j'ai envie de placer Luc Bodin qui écrit « Tout vient de nous. Il n'y a pas un extérieur et un intérieur. Lorsque nous combattons des éléments avec nos pensées, nos croyances, nos programmes et nos désirs… Tout cela pour dire que si nous voulons changer le monde, il faut nous changer nous-mêmes ».
Mais déjà, le jour d'après le confinement ne peut pas ressembler aux jours d'avant, malgré nous, malgré tout. Car hormis la révolution que sera le fait de porter un masque, de se déplacer avec raison, de ne pas faire foule ou même groupe, un aspect modifiera radicalement nos esprits, colorera nos émotions, bouleversera nos projets :

nous allons devoir « vivre avec » en toutes choses et pour longtemps…
Et là je retrouve des sensations bien connues. Lorsque nous émergeons d'une épreuve physique où nous avons frôlé notre finitude, où nous avons ressenti que la vie avait un prix fabuleux, nous vivons avec ce risque inhérent à notre état physique transformé. Sauf que corona lui, est invisible, en nous peut-être, en l'autre si ça se trouve, impossible à reconnaître, creusant en chacun de nous un abîme de doutes et de questions contre lequel on ne peut pas lutter, car on ne le connaît pas.
C'est un risque pour tout le monde, sans distinction de race, de pays, de statut social, de niveau d'études, d'aisance matérielle. Il frappe aveuglément, quoiqu'il préfère les vieux de plus de 60 ans ! Sauf que, en œuvrant avec égalité lorsqu'il frappe en amont ; en aval il aggrave de fait les inégalités sociales déjà existantes, et cela personnellement me fait rager.
Mais finissons léger ce J - 2 car, mon petit balcon lyonnais préfère se laisser admirer et crouler sous les fleurs, que me laisser trop penser.
Mon petit olivier est couvert de fleurs blanches, auréolant sa faible ramure d'une mousse douce. La caresse des feuilles de tomates parfume mes mains de cette odeur forte que j'adore, comme la menthe proliférant dans sa jardinière dédiée et attendant son usage estival…

Vive la Nature, vive la Vie !

A bientôt
Christine

« Vivre aujourd'hui, demain est un autre jour ».

Samedi 9 Mai 2020 **J – 1**

C'est bientôt le moment d'un bilan, je m'étais engagée à écrire chaque jour jusqu'au J 55, donc le dernier sera demain, dernier jour du confinement officiel !

J'ai eu le plaisir de vous distraire, de vous faire voir toutes ces choses apparemment insignifiantes vues uniquement de mon petit home, mais riches de découvertes. Je me suis prise au jeu de l'écriture, de l'observation du dehors, de l'émerveillement du minuscule, du partage du positif…

La bouteille à moitié vide est toujours aussi à moitié pleine. Ce fut ma devise dans le cadre professionnel lorsque je faisais du coaching, cela reste inexorablement ma vision de la vie en général.
Et j'ai surtout aimé partager avec vous, cela m'a magnifiquement soutenue pendant 50 jours…

R m'a écrit un joli « Merci, pour ce rendez-vous quotidien où nous pouvons suivre toutes tes pérégrinations intérieures et nous rendre compte de la richesse de tous ces petits moments de la vie que comporte une seule journée, pourvu que nous y prêtions attention et que nous soyons en capacité de les accueillir. Grâce à ton journal, tu nous renvoies le fait que ta vie, nos vies de confinées et confinés sont finalement très ouvertes, extérieures et pour un peu, on en viendrait à croire que le déconfinement est superflu » Bon sur la fin, faut pas exagérer non plus, R !

La peur nous habite pour certains, la joie de la liberté (relative) de mouvement prime pour d'autres, de multiples interrogations devant une période d'inconnu persistent pour tous, et nous sommes comme en équilibre sur un fil, sans avoir appris à jouer les funambules. Mais la détermination, la patience et l'espoir nous feront parvenir à l'autre bout, et entrevoir de bons et doux projets.

MF « Faire des projets et avoir des rêves, doucement....avec réalisme. Une épreuve est un passage bien sûr. Trouver de l'intelligence en nous pour avancer. Faire ses preuves dans l'épreuve...
La vie est bienveillante, notre âme voit choisir des défis pour grandir, à tout âge, même seniors »....

MA « Voilà, on a vécu des instants particuliers mais forts. Que sera la suite ? On espère pour les jours à venir, et l'été qui arrive. Le déconfinement, on l'attend bien sûr. Des rêves différents de ceux d'avant mais aussi beaux ! »

S « Avec plaisir pour échanger à nouveau dans la vie d'après, comme vous dites »

En lieu et place du terme commun « le monde d'après » je préfère maintenant parler du « monde de demain ». Prenons le temps de nous imprégner déjà de, comment nous allons vivre les jours qui viennent, sans renoncer aux découvertes que nous avons faites, sans perdre le fruit et la saveur de ce que nous voulons ajouter de meilleur dans nos Vies, dans nos Rencontres, nos Amours et nos Amitiés. Et j'assume la majuscule à tous ces mots devenus fétiches et précieux pour moi, espérant n'être vue ni béate ni niquedouille * encore moins coquefredouille… !
Et l'humour est précieux : lorsque nous échangeons sur la fameuse distance de 100 km « à vol d'oiseau », Béa me répond avec sérieux et dépit « j'ai voulu réserver un oiseau pour venir, mais il n'y en avait plus !».

Ce soir, rêve et poésie au balcon : les arabesques des hirondelles côtoient les envols des pigeons qui se perchent sur quelques bords de fenêtres. Un corbeau a choisi la flèche de la grande grue, et croasse avec énergie. Mais ce sont les merles qui ont le dernier mot tandis que le crépuscule descend doucement.
Le ciel est chamarré de nuages gris foncé, gris clair, un peu bleus et blancs sur les bords, bordés de festons de lumière des derniers rayons de soleil couchant.

C'est beau, paisible, et, si vous ne voyez pas tout à fait le même que moi, je suis toujours éblouie d'imaginer que nous pouvons avoir le regard en l'air vers le ciel, tous nos regards tournés vers le même ciel. Partages sublimes.

A bientôt
Christine

« Vivre aujourd'hui, demain est un autre jour ».

* J'ai découvert ce mot, en remplacement de benêt (qui n'a pas de féminin) ; je le trouve trop mimi.

Dimanche 10 Mai 2020 J 55
J 0 avant le déconfinement

FIN d'un journal d'une confinée urbaine, à Lyon, seule dans 30 m2… mais avec un balcon !

Et ? Afin que ce J ne risque pas de tomber malencontreusement dans vos spams, je les envoie 1 par 1, à chacun et chacune d'entre vous, aux 70 adresses mail.

Ce petit journal quotidien sans prétention, mais non sans objectif, a atteint sa dernière édition.
Je l'ai lancé il y a 50 jours, un petit projet comme un défi, une en-Vie de maintenir ou construire des liens qui m'ont fait tenir en solitude, lien aussi pour et entre mes amis de partout.
Il fut un axe bienfaisant qui me portait chaque jour à écrire et à me sentir en communication avec chacune et chacun, bravant parfois l'ennui et pimentant de minuscules petites joies, des jours devenus lassants, dans 30 m2 et le regard dehors, uniquement de mon balcon.
Il m'a poussée à mieux tout regarder, à observer, à aiguiser ma curiosité et à apprendre, toujours apprendre...
Le lien fut essentiellement virtuel pour beaucoup. Et si je n'ai pas toujours su si sa lecture vous faisait du bien ou simplement vous distrayait, un bon nombre y ont réagi, et il fut aussi au fil des pages une belle occasion d'accrochage de nouveaux liens…

Il a fait son usage en l'état et je vous remercie tous de lui avoir donné un sens. Car même si j'ai un goût prononcé pour l'écriture, je ne vois pas mes écrits n'être lus par personne : pour moi l'écriture est un partage…
Un grand merci à toutes celles et ceux qui m'ont livré des réflexions dont je me suis servies pour alimenter et agrémenter mes propos, exemptés de copyright.
Le déconfinement s'amorce demain, ou plutôt une reconquête de notre liberté de mouvement, sans abandonner grand-chose de nos gestes de prudence, et pour beaucoup, de nos peurs et de nos interrogations. Il va falloir nous appliquer à apprivoiser ce virus dans une vie devenue différente.

Vous avez été confinés de Normandie à l'Ardèche, de la Bretagne au grand Est, aux 4 coins de France et du monde, entre Tunisie, Portugal et Canada, que de kilomètres nous séparent ! La plupart confinaient joyeusement en pleine nature ou avec un jardin, d'autres en appartements urbains mais non moins gaiement.
La vie de telle ou tel n'en a peut-être pas été si changée que cela, sauf la privation de la liberté de bouger et d'aller où bon leur semble. Mais pour tous, c'est l'occasion de savoir ce qui nous est essentiel et ce qui nous a vraiment, vraiment manqué.
C'est pourquoi je me permets de faire une litanie positive de ce qu'il parait bon pour moi, peut-être pour vous, de retenir…

Je souhaite des lents demains patients, et de ne rien oublier de nos découvertes et de nos rencontres.

Je nous souhaite de transformer ces rencontres nouvelles en liens de proximité, de visu, de complicités.

Je nous souhaite de ne pas oublier nos applaudissements aux soignants et nos bravos aux éboueurs.

J'espère que les distances temporairement abolies par wathsapp, mails, sms, téléphones et compagnie, s'effaceront dès que nous pourrons les uns les autres nous voir, nous toucher, nous parler et fêter ensemble… la Vie !

Je souhaite de ne rien oublier de ce printemps fabuleux où la Nature a profité de notre absence pour se montrer dans sa lumineuse splendeur, et de ne pas oublier de la protéger et d'être en harmonie avec elle.

J'espère que nous n'oublierons pas nos gestes de solidarité, et nos regards attentifs aux autres ;

Je nous souhaite de nous souvenir qu'il est possible de savourer le silence et de se poser et ne rien faire ;

Et souhaitons nous aussi, de ne plus procrastiner…

Si cette parenthèse n'a pas été si enchantée que cela, tout du moins, profitons-en pour découvrir vraiment ce qui nous est essentiel, essence sens et ciel…

Alors, je nous souhaite des lendemains qui chantent, des projets à faire et des rêves à loger dans un coin de notre tête et de notre cœur, prêts à s'épanouir le moment venu.

Pour achever ce propos, je vous livre avec délectation tous les synonymes au mot RÊVE que j'ai trouvés et qui me semblent composer un bel éventail où chacun puisera comme bon lui semble : ambition, aspiration, chimère, désir, fiction, idéal, invention, rêvasserie, idée, rêverie, songe, souhait, utopie, vision…

A bientôt... ici, là-bas... Ailleurs !
Christine

« Vivre aujourd'hui, demain est un autre jour ».

P.S : Les oisillons du couple de merles, nichés dans la haie sous ma fenêtre, ont déjà quitté le nid !

Quatrième partie

Les MISSIVES du déconfinement

Missive 1
D'une déconfinée pour des lendemains qui chantent

Jeudi 21 Mai 2020

Bonjour toutes et tous ! Je pointe de nouveau le bout de ma plume…

Mon avant dernier J du 9 mai préparait une fin difficile à imaginer, voire à assumer, en tout cas pour moi.

Le dernier vous disait au revoir le 10 mai avec des souhaits de ne rien oublier de tout ce qui fut, malgré tout, et si nous savons bien regarder, bel et bon pendant ces 55 jours de confinement…

Et vous êtes beaucoup à m'avoir écrit vos bilans, vos joies, vos découvertes, et vos regrets de ne plus me lire. Je vous ai lus, entendus, avec étonnement et ravissement.

Vous avouerais-je que je me suis trouvée lundi matin, jour du déconfinement, toute désœuvrée, dépitée même de ne plus avoir ce temps d'écriture qui rythmait mes jours, ce moment d'envoi du J d'un clic de souris, avec un sentiment de me mettre en lien avec chacun de vous ?

Et ce rituel qui m'aidait à traverser les épreuves, qui me permettait de communiquer, de rompre ce silence face à moi-même, de créer une parole et une écoute.

Alors, après 10 jours de manque et de réflexion, en ce chaud jeudi ensoleillé et calme (jour de fête= pas de travaux) j'ai décidé de tenter un nouveau genre, une missive qui n'a pas de date de parution fixe, qui se cherche pour peut-être se transformer en blog, en roman… Qui sait ?

Le lundi 11 fatidique ou bienvenu selon l'avis de chacun, n'a strictement rien changé chez moi, encore peur du virus et surtout de la foule délivrée qui allait sans doute envahir rues et magasins !
Il n'en fut rien mais cette absence d'une envie de sortir fut validée par un temps maussade et les bruits dingues du chantier déconfiné et décomplexé face à mon balcon. Pas moyen de vivre fenêtres ouvertes, mais ça tombe bien, il fait froid et gris, les nuages bas semblant prêts à cracher une petite pluie visqueuse… (Oui ça fait bien moche, visqueuse non ?) Je décide de tenter de positiver, en me remettant dans l'état d'esprit que j'adoptais lorsque je voulais vous narrer ma journée…
Et ça marche ! Je rectifie mon regard devant les ouvriers qui s'activent avec force et courage et me prends à admirer leur travail…

Le mardi est le jour des 38 ans de Marie-Julie et j'attends des nouvelles de Montréal où je lui ai fait livrer un bouquet d'affection… et de fleurs ! « Maju » est la plus jeune de nos 3 filles, ça ne nous rajeunit pas ! Et son père aussi, n'est-ce pas JF ? Cette expression est certes un peu bête mais il faut dire que ce sont nos enfants, et encore plus nos petits-enfants qui nous font mesurer le temps qui passe, le temps qui file si nous ne prenons pas garde à bien le savourer dans le présent.

Le mercredi démarre triste, déçue par une demande pour un T3 qui m'a filé sous le nez.
Je me dis en me morigénant « il faut que je mette à profit ce que m'a enseigné mon journal et vos réactions, et réaliser aujourd'hui UN geste positif » lancer un espoir dans mes projets. Je décide alors de réaliser un plan que je procrastinais (!) Ecrire une petite annonce et la mettre dans les 60 boites aux lettres de ma résidence, comme une

bouteille à la mer, quoiqu'aucune rumeur de départ ou de déménagement n'ait fuité jusqu'à présent.

Le miracle a pris la forme d'un coup de fil de ma voisine du 6ième, qui pense bientôt chercher plus grand, en est donc aux prémices de départ, et n'en a parlé à personne. Je saisis la balle au bond, monte le voir le jeudi, ai le coup de cœur inespéré pour l'espace, la lumière, le balcon… Je réfléchis le vendredi, me fais conseiller le samedi et fais une proposition le dimanche midi !
La semaine mal démarrée, s'achève dans un remue-méninges et la perspective, non encore confirmée mais tangible, d'un projet de grand changement. Quand je vous aurais dit que les visites de clients redémarrent au« Clos des cerises », j'ose dire que la roue semble tourner après 2 ans de galère côté santé, et 2 mois de confinement.

Après avoir vécu de lents demains patients… Les lendemains vont peut-être bientôt chanter !

Ce soir, le soleil colore merveilleusement un pot de lys jaunes éblouissants, éclos en quelques jours. Les courges, les géraniums, la menthe, les (pieds de) tomates, l'olivier… Tout me parle de printemps et d'été naissant. Le merle m'interpelle à tue-tête perché dans mon platane ! Je pars demain revoir mon Clos des cerises, quitté il y a 3 mois avant que les feuilles ne viennent aux arbres ! Je vais commencer un renouveau de rencontres avec toi, vous, chacune et chacun… A bientôt

Christine

« Vivre pleinement aujourd'hui, et penser à demain ».

Missive 2
D'une déconfinée vers des lendemains qui chantent

Jeudi 28 Mai 2020

Après avoir vécu de lents demains patients… Les lendemains vont peut-être bientôt chanter !
Ce soir, le soleil colore merveilleusement un pot de lys jaunes éblouissants… Tout me parle de printemps et d'été naissant… Le merle m'interpelle à tue-tête perché dans mon platane… Je pars demain revoir mon Clos des cerises, quitté il y a 3 mois avant que les feuilles ne viennent aux arbres !
Ainsi s'achevait la missive de jeudi dernier…

L'envie de vous retrouver, de poursuivre cet échange épistolaire, la volonté de me plier à la règle des ***petites perles de rosée quotidiennes***, afin de hisser vers le positif un vécu compliqué, m'incite à donner à cette missive le statut d'hebdo, en vous retrouvant après une semaine de silence.
Les lendemains ont été chantants, pleins d'espoir, puis grisonnants et décevants. En gros, le projet de changement rapide d'appartement s'est éloigné, le remue-méninges m'a cabossée, et les projets se sont un peu embrouillés.
Le seul remède à ce jour sur ce point est la patience car l'espoir demeure, il s'agit juste de se remettre vaillamment en route. Et la nature m'y incite, comme d'habitude, ma source d'énergie bienfaisante : les lys jaunes éclatants du balcon ont épanoui 8 fleurs aux pétales étincelants ; les tomates et les courges laissent poindre leurs premières fleurs ; la menthe a subi une première coupe destinée à

garnir mes salades printanières ; les géraniums s'épanouissent en rose et rouge vif, et les dipladénias refleurissent !
Dans l'intervalle de ces jours passés au Clos des cerises, j'ai vécu un déconfinement en campagne exaltant autant qu'étrange : découvrir une nature luxuriante, des arbres qui ont grandi et se sont développés comme jamais les années passées, des oiseaux qui emplissent généreusement l'espace sonore, un silence du soir et une fraîcheur bienfaisante après la chaleur du jour… et je peux sortir les pieds dans l'herbe, quel délice oublié… Mon balcon avec une super vaste extension !

Ce fut étonnant, comme un réveil inattendu et réjouissant de découvertes naïves d'une nature qui vit tout simplement, et plus intensément que jamais.

Et je vous ai revus avec grand bonheur certains de mes amis ardéchois, à distance, sur la terrasse, un café à la main pour tel ou l'apéro du soir pour telle autre. Mais le plus drôle c'est la sensation d'un lien qui ne s'était pas interrompu, lorsque j'ai dit à T « mais quand on s'est vues la dernière fois, on a parlé de ceci, de cela » Sauf que c'était au téléphone !
Intenses moments du « kfé philo psy », où la présence physique ne manquait pas tant que cela. Parce que, entre nous, l'avantage de se rencontrer de visu serait, pour le moins, de se prendre dans les bras ! Mais nous devions respecter la distanciation, par égard pour la senior fragile que je suis censée être, et certains de mes visiteurs aussi. La liberté de mouvement mais en prudence, avec malgré tout une petite peur encore enfouie au fond de moi.
Et puis, quelques perles ici de retour à Lyon :
Je croise un bébé dans sa poussette, et sa maman… Je m'arrête et tente sourire et mimique d'une voix douce…

Sauf que j'avais masque et lunettes de soleil, je devais être effrayante ! Alors je retire les lunettes. Seul mon regard lui a souri, mais ce fut manifestement bien expressif car en retour, il m'a souri merveilleusement. Ma journée mal démarrée était sauvée !
Et j'ai travaillé dur les instructions de Julian, mon prof de batterie pour aboutir à… un nouveau cours par skype qui s'est super bien passé et j'ai joué sur des morceaux de Bruno Mars, de Mickaël Jackson et Survivor, en variant les modes de jeu, en accentuant là où il fallait : pas si facile savez-vous ? D'autant que désormais je m'entraîne à écrire des partitions de batterie, oui ! Bref, j'étais contente de mes progrès et cela m'a encouragée à poursuivre assidûment. J'avais en effet été une élève décrocheuse pendant le confinement, le temps d'apprivoiser Skype entre nous.
Et je reviens tout à l'heure d'un pique-nique sur l'herbe avec mon amie S. L'herbe de « mon jardin » ou plutôt du grand parc lyonnais près de chez moi. A l'ombre des platanes, le soleil jouait entre les feuilles et taquinait nos regards et nous avons étalé nos serviettes, grappillé dans nos menus, partagé les cerises et savouré le clafoutis. Ce fut un très bon et beau moment de partages, de bavardages, genre « picnic philo socio psy » !?
Un déjeuner sur l'herbe, en pleine ville mais au cœur d'un paysage sage ici, sauvage là … A renouveler sans hésiter, avec délectation, et de nouveau en riche compagnie !

A bientôt
Christine

« Savourer le jour, espérer pour demain ».

Missive 3
D'une déconfinée ... vers des lendemains qui chantent

Vendredi 5 juin 2020

L'aventure commence au balcon, si je parodie un auteur célèbre… Et ma foi, ce fut vrai pendant ces 55 jours de confinement et cela le reste encore…
Je découvre que le plaisir de mettre les mains dans la terre, de planter, de semer, de regarder pousser, que ce soit petit balcon ou grand jardin, cela me fait vibrer, la vie et la mort s'entremêlent, interpellent et nous font savourer le présent et le devenir….
L'expérience du vivant au plus profond de mon être, me rappelant l'impermanence et la fragilité de toutes choses, de la nature et de l'humain.

Le remue-méninges autour de mon lieu de vie, ici, là-bas peut-être, persiste hélas mais je garde patience et espoir sur toutes les hypothèses. Revenue encore au Clos des cerises, je suis allée voir mon futur déménageur et ami : je lui ai demandé du matériel et me voilà en train d'entreprendre les 1ères mises en carton ! Je m'engage ainsi dans un processus où la fin de l'été verra, quoi qu'il en soit, un au-revoir à ma maison, même s'il y reste de quoi y passer un week-end de temps en temps. Je veux en être partie, dans ma tête et dans mon cœur, afin de regarder devant avec plus de sérénité et de détermination.

Et je souhaite partager ici la saveur des 1ères fois depuis le lent déconfinement, et vous les faire vivre et savourer.

Il y a eu la 1ère fois ou je suis allée enfin seule, faire mes courses, tôt, avec masque et prudence : même pas peur.

Et puis ce fut le 1er resto avec mon amie A, là où nous avions pris quelques habitudes ; nous tenions à y aller en présentiel, et l'aider à émerger ainsi de ces 2 mois sans travail au contact direct des clients. A « En toute simplicité » (joli nom non ?) : tables distanciées, patronne souriante derrière son masque et mets particulièrement délicieux.

Et la 1ère fois que je suis allée déjeuner au jardin chez ma sœur Béa, masque enlevé, avec prudence et repas super bon, préparé avec amour, je l'ai senti. Puis la visite de son potager, dispersé selon les plants, courges ici, concombres là, haricots là-bas, c'était un régal des yeux, une terre généreuse après le dur labeur qu'elle y a mis, tout cela ponctué par un débat sur la sexualité des fleurs de courgettes, inénarrable !

Et une invitation de M et M à un apéro à l'extérieur pour éviter le masque : au square à côté de nos immeubles, sur un banc, distanciés et fêtant ainsi joyeusement avec des bulles, leurs 8 ans de mariage. Bel et bon moment gai ! Je me dois d'ajouter (dixit) Qu'ils fêtaient également leurs 18 ans de vie commune, la moitié de leurs vies !

Et le 1er apéro sur mon balcon avec C… A l'heure où les travaux d'en face (au bruit toujours infernal) se sont tus pour laisser le merle nous ravir.

Et encore, une invitation de R, hors de Lyon et goûter sous la tonnelle. Puis visite et conseils que j'espère avisés sur la taille ici, le repiquage là, un jardin prospère quoique un peu fou, décidément le printemps tient ses promesses. Et là j'ai réalisé que mes expériences de nature, de campagne et de plantations s'épanouissaient autant, voire davantage, avec les autres que seule dans ma propriété aussi belle soit-elle.

La nature oui, mais obligatoirement partagée, et alors, la démarche m'épanouit tout autant : bon signe lorsque je serais uniquement en appartement me suis-je dit.

Et depuis une semaine, le plaisir de la liberté de mouvement a détrôné la petite peur enfouie au fond de moi, pour la mettre juste à sa place, prudence et envie de faire des projets petit à petit, de plus en plus loin !
J'aimerais ici vous engager à vous arrêter sur toutes ces 1ères fois où vous avez vécu des moments que vous ne connaissiez plus pendant ces 2 mois de folles parenthèses.
J'ai décidé de les noter, de les créer, de les susciter en les vivant dans ce fameux « monde d'après » dont on a beaucoup parlé…

Car, si nous avons appris à relativiser, à réfléchir sur nos vies, à repenser nos modes de relations, à voir ceux qui nous sont proches avec plus de bienveillance, et à nous détourner de ceux qui nous sont toxiques… ce sera ainsi, en nous recréant des débuts à tout que nous vivrons mieux, que nous saurons savourer chaque instant du présent, que nous laisserons le passé de côté sans le fuir mais sans s'y appesantir, et que nous espèrerons en l'avenir, quoiqu'il advienne.

En effet, qui eût pu dire il y a 3 mois que nous vivrions tout ce qui vient de nous arriver ?
Alors, qui peut dire que les lendemains ne vont pas chanter à tue-tête, au-delà de nos espérances ?
Et j'ai repris les « kfé philo psy » avec mon amie T, hebdos désormais chaque jeudi…

Et ce week-end au Clos des cerises… je savoure et espère vous y voir cet été, pour certains peut-être, pourquoi pas ?

Car profiter ensemble des bonnes et belles choses n'a décidément pas de prix.
Vivent les partages, vive la vie !

A bientôt
Christine

« Savourer le jour, espérer pour demain ».

Missive 4
D'une déconfinée … vers des lendemains qui chantent

Samedi 13 juin 2020

La saveur des nouvelles 1ères fois, vous disais-je dans ma missive précédente … Mais je réalise que la Vie a une saveur particulière et sans cesse renouvelée si nous essayons de ne vivre que des 1ères fois !
Pas si difficile après tout puisque tout change de jour en jour…
Ainsi, déconfinée mais toujours craintive, je vis à Lyon des périodes masquées lorsque je sors de mon 30 m2, en butte au bruit infernal des travaux de plus en plus désagréables à mes oreilles… Et je vis en Ardèche, des moments de total déconfinement en campagne, sans masque mais pouvant vaquer dans mes grands espaces sans voir personne. Et je vous comprends ainsi très bien, vous tous confinés avec un jardin, et qui avez dû trouver

mes propos surréalistes, en admiration devant de simples jardinières !
L'aventure commence au balcon, et continue au Clos des cerises, où j'ai décidé et entrepris de réinvestir mon carré potager en y plantant des tomates, des concombres, des salades, des courgettes et des courges… De quoi garnir quelques bons plats à partager cet été et imaginer à l'automne de nouveaux venus qui auraient acheté la propriété, et en profiteraient !
J'adore l'idée de prendre soin de mes courges, de mes olives, de mes kiwis, en espérant qu'ils ne me profiteront pas cet automne, puisque cela signifierait que j'aurais vendu ; je sème pour que d'autres récoltent…
Ce qui ne m'empêche pas de garnir de plants de légumes mon cher balcon lyonnais que je ne renie sous aucun prétexte, car il est aussi tout mon univers, cela dépend où je place mon regard.
Mais avoir 2 chez soi, comme dit mon Amie T, est franchement très difficile à vivre, outre les soucis et la logistique que cela demande. Se sentir chez soi dans aucun des 2, ou plutôt de façon bancale et alternativement, puisque je vise à habiter un 3ième qui serait le T3 de mes rêves.
J'avoue devoir faire appel à toute mon énergie positive pour être entre 2 lieux, et fonder l'espoir de me projeter très vite dans un ailleurs…

Ma maxime de l'été : N'attendez pas de tout avoir pour profiter de la Vie. Vous avez déjà la Vie pour profiter de tout !
Alors, je vous narre quelques facéties de la Nature qui, décidément, est toujours bien là pour illuminer le moral, si tant est qu'on sache la regarder !
Au Clos, une jeune tige de kiwi s'était égarée l'an passé entre 2 lattes de bois de la terrasse. Je l'ai laissée grimper

et s'enrouler autour d'un poteau qui porte le toit de la dite terrasse. D'aucuns me prédisaient que la tige devant grossir, elle allait s'étrangler et mourir… Que nenni ! La voilà qui a fait des ramures folles de plusieurs mètres, fleuries puis chargées de fruits. En y regardant de tout près, la tige est restée mince pour passer l'espace puis s'est renflée en doublant quasi son épaisseur, pour grossir 2 fois plus et monter vers le ciel. Cela m'émerveille !
Et ce commencement de nids de guêpes découvert derrière mon volet… Zut mais je réalise que, à plusieurs endroits et pendant ma longue absence « covid », elles ont bâti allègrement là où la lasure s'effile, et chassées doucement elles y reviennent. Oui, n'ironisez pas, mais je pense que le bois associé à son revêtement bio leur plaît beaucoup… Comme le bois d'une ruche.
Et la glycine qui tourne désormais l'angle de la maison pour venir couvrir la fenêtre de la maison d'amis et encadrer sa porte… refleurit follement en plein mois de juin ! Sa première floraison fabuleuse était apparue avant les feuilles, comme elle en a l'habitude bien naturellement, mais c'était au moment du confinement et je n'ai pu m'extasier devant elle. Aujourd'hui, elle me gâte de multiples grappes cachées cette fois entre les feuilles, j'adore !
Plus que jamais, je vis au jour le jour car (au risque de me plagier moi-même) qui eût pu dire il y a 1 mois que je vivrais ces petites surprises et que je goûterai le Clos des cerises sereinement, et même avec l'envie d'y renoncer et l'espoir de tourner enfin la page ?
Alors, qui peut dire que nos lendemains ne vont pas chanter à tue-tête, au-delà de nos rêves ?

A bientôt :
Christine
« Savourer le jour, espérer pour demain ».

Missive 5
D'une déconfinée … vers des lendemains qui chantent

Samedi 27 juin 2020

Ma maxime de l'été « N'attendez pas de tout avoir pour profiter de la Vie, vous avez déjà la Vie pour profiter de tout ! » Non Mathieu elle n'est pas de moi mais aurait pu l'être ! Il y en a une autre que je me plais à écrire :

« N'attends pas ces lendemains qui chanteront pour savourer ce qui est bel et bon aujourd'hui ! »

Un sale mercredi démarré sous la pluie et le merle, étonnamment chante à tue-tête malgré le bruit infernal du chantier d'en face. Un augure d'une journée où l'espoir renait ? S'ensuit en effet un milieu et une fin de semaine où le dialogue avec la dame du 6ième, débouche sur une vraie avancée de son projet de partir en me laissant cet appartement que je brigue. Et la semaine s'achève en apothéose dans un week-end avec mon Amie A qui m'accompagne au Clos des cerises.
La virée en Ardèche fut ensoleillée, amicale, une parenthèse enchantée dans notre vie urbaine et dans un Lyon surchauffé !

Et je commence à penser à la suggestion de Jean-Paul, qui verrait bien mon journal quotidien, poursuivi par ma missive hebdomadaire, évoluer dans un grand virage par un roman, l'histoire des rencontres entre toutes ces lettres de prénoms qui m'ont accompagnée pendant les 55 jours de confinement « … seule à Lyon, mais avec un balcon ! »

et que je citais au gré de leurs réactions ou de leurs anecdotes.

C'est pourquoi je cite désormais les prénoms de mes co-auteurs et acteurs des lendemains à venir…
Ainsi A. a fait la connaissance de T, ou plutôt Anne de Lyon a rencontré Thérèse d'Ardèche, se dévoilant l'une à l'autre et ainsi aujourd'hui aux lecteurs. Et ces moments furent aussi chaleureux que magiques, comme si elles se connaissaient depuis toujours, évoquant tous ces points communs dans leurs goûts et leurs intérêts qui font que, bien que différentes, elles sont toutes 2 des amies chères à mon cœur.
Me déconfinant un peu plus chaque jour, surtout en campagne, ce fut la magie des nouvelles rencontres.
Mais je ne dois pas oublier la rencontre de 2 de mes (nouvelles) amies lyonnaises : il y a 2 ou 3 semaines, C a fait la connaissance de A : Claudette a partagé un moment, masqué, avec Anne et moi.
Et la réplique de Marie-France face à la chance qui tourne « Et ça tombe pas tout seul du ciel : tu l'as bien secoué, le ciel, pour que ça tombe ! » eh oui, manifestement.
Et Marie-Françoise « Après le confinement.....inattendu.... tu peux tout supporter.....après tous tes ennuis de santé....tu peux profiter de chaque instant... Moment présent, moment merveilleux ».

Et Rocio « Quelle belle missive pleine de multiples cogitations qui éclosent comme un joli printemps ».
Merci toutes de vos jolis propos bienveillants ! Encouragée par Anne, qui a quelques expériences en ce domaine, je me suis remise, en lui faisant visiter le Clos des cerises, à réinterroger les objets, les petits meubles (les gros, c'est fait !) les choses qui ne peuvent aller d'une

grande maison avec grand jardin, dans un petit appartement avec un balcon modeste…
C'est un sacré chemin de parvenir à renoncer à tout ce qui a fait la vie d'avant, mais imaginer un espace plus épuré, non envahi d'objets superflus, fait énormément de bien.

Je crois que j'arrive presque au bout de ce chemin et je me suis régulièrement réjouie de pouvoir prendre ce temps. Si la maison s'était vendue vite, que d'arrachements non choisis et précipités cela aurait été ! Changer pour un autre lieu, pour la ville et pour plus petit, pas facile. Mais j'y aspire maintenant, sereinement, même si je vous cacherai peut-être (ou pas) le choc émotionnel le jour où je donnerai les clés du Clos. Et le temps a filé depuis mes écrits ci-dessus…

J'achève cette missive en vous narrant mon exaltation jouissive en arrivant au Clos ce matin.
Après 2h de route, aux abords du village de Vesseaux, je prends la route des « Monteils ». Je baisse ma vitre pour entendre le chant des cigales et humer les doux effluves, mélange de chèvrefeuille, de fruitiers et d'herbe chaude fraichement coupée. La petite route à gauche, en haut de la côte, au détour d'une vigne : le chemin de Lachamp !

Je franchis le portail du Clos des cerises, une sensation de paix et de joie intense m'envahit : les cigales prennent le pas sur les oiseaux du matin, les papillons virevoltent autour de moi et les lauriers follement en fleurs, éclaboussent le ciel clair de rouge et de blanc, leurs longues tiges balançant dans le vent.

Un silence habité seulement des bruissements du vent dans les arbres, d'aboiements lointains, de la cloche de l'église du village, du léger bourdonnement de quelques abeilles

butineuses au travail… Tout cela m'englobe soudain et me laisse immobile, avec une envie (en-Vie) de dire :
« Merci la Vie » !

A bientôt :
Christine

« Savourer le jour, espérer pour demain ».

Missive 6 …
Vers des lendemains qui chantent !

Mercredi 15 juillet 2020

Non ! Je ne vous ai pas abandonnés, ou plutôt je n'oublie pas tous ces liens ré enchantés par le confinement, mon journal, vos réactions et le déconfinement…

Vous avez dit déconfinement ? Celui-ci : pas tout à fait, mais presque, mais il faut être prudent, nous les seniors il faudra s'attendre à un re confinement « ciblé » etc. Ouf, au diable les prédictions, les oiseaux de malheur et les pessimistes ! Pour ma part, je reste prudente bien évidemment, mais je ne m'empêche pas de vivre.

J'ai comme la conviction, en tout cas j'ai plaisir à imaginer, que le virus ne sera pas tenté ni attiré par un organisme vivant tel que le mien, en pleine vie, traversant cet été avec joie et entouré de toutes ces affections riches et variées qui le nourrissent et le protègent.

L'important, c'est d'y croire et depuis que j'ai lu qu'il est prouvé scientifiquement et médicalement que les optimistes sont en meilleure santé et vivent plus vieux, je ne me prive pas de respirer la joie et l'espoir, au jour le jour ! Même leur formule sanguine en est modifiée, si si recherchez…
Je reprends avec bonheur la réflexion de Marie-France sur la chance, aléatoire (voyez maintenant les lettres s'exhalent en prénoms…) « Et ça tombe pas tout seul du ciel : tu l'as bien secoué, le ciel, pour que ça tombe ! ». Et c'est ce que je rêve d'insuffler dans cette 6ième missive d'après confinement, et de partager avec vous, toutes ces ondes positives qui m'habitent car je fais mienne plus que jamais « vivre aujourd'hui, savourer l'instant présent » c'est cela le bonheur.

Le passé est derrière, le futur est incertain, seul le présent s'offre à nous pour que nous nous appliquions à en fabriquer de merveilleux souvenirs.

Et je déroule avec délice désormais toutes ces initiales de prénoms que chacun ou chacune, au gré de mes rencontres questionnent avec une curiosité nourrie de toutes ces anecdotes dont vous m'avez fait part au fil de tous ces mois passés.
Anne avait déjà rencontré Claudette, puis Thérèse en Ardèche et l'apothéose fut le 8 juillet, jour précis de mon anniversaire où j'ai eu la folle idée soudaine, d'une déconfinée rassurée à la campagne, d'organiser une fête avec tous ceux qui me tiennent à cœur !

Mais cela était un peu fou, trop soudain et beaucoup évidemment n'ont pu venir. Nous fûmes toutefois 17, pour mon plus grand bonheur, rassemblés en rond sur l'herbe, à l'extérieur sous l'ombre bienveillante de mon très bel olivier, qui n'a jamais (bel augure) été aussi nourri de fruits.

Et Rocio a rencontré Thérèse et Bernard et Séverine… qui ont croisé Jean-Paul et Dany, bavardé avec Françoise et Jean-Claude, qui ont découvert Anne et Gérard, qui ont trinqué avec Jean-Michel, Jean-Louis, Jérôme et Corinne, qui ont partagé avec Daniel et Dominique… Et moi !

Ce fut une soirée magique, chaleureuse, conviviale, sereine, avec des rencontres entre mes amis ardéchois et mes nouveaux amis lyonnais !!! Beaucoup de propos faisant comme une suite à nos échanges épistolaires… Trop bien et si bon pour moi, j'emmagasine ces superbes souvenirs pour les jours plus gris, dans tous les sens du terme ; un grand merci tous.
Et cela s'est poursuivi en recevant au Clos, par-ci par-là, ceux qui m'aident à leur manière à tourner la page, bientôt, et avec des tempéraments, des sentiments, des idées différentes.

Surtout vivre le détachement par rapport aux choses du passé, mettre en valeur en mon cœur, des souvenirs immatériels qui devront allègrement remplacer les objets encombrants les rappelant.

Afin que ce ne soit pas un arrachement dans la précipitation, j'ai décidé (mais peut-être vous l'ai-je déjà écrit ?) que ces 2 mois d'été seront mis à profit pour clore ces rangements et tris préalables « comme si » je déménageais demain, cartons faits de tout ce qui n'est plus utile au quotidien.
La date ultime que je me fixe (c'est bien connu que si on n'a pas une date butoir, on retarde l'action… Pas vous ?)

Donc, c'est le 9 septembre, veille d'une nouvelle rencontre avec mon chirurgien préféré.

Je vous souhaite ardemment, où que vous en soyez dans vos vies et cet été, des détachements salutaires, des choix mesurés et sereins, des renoncements nécessaires et prometteurs, des partages riches et nourrissants.
Je suis imprégnée du livre de Dominique Loreau « L'art de l'essentiel » sous titré « jeter l'inutile et le superflu pour faire de l'espace en soi ». Non ésotérique, mais vivifiant, intéressant, porteur.
Et n'oubliez surtout pas de faire signe si vous venez dans mon sud, et de venir me voir au Clos des cerises. Je veux le savourer au cours de multiples « dernières fois », et ce serait tellement meilleur avec vous !

A bientôt :
Christine

« Savourer le jour, espérer pour demain ».

Missive 7 …
Vers des lendemains qui chantent !

Vendredi 14 août 2020

Et la magie de la soirée de mes « 70 ans +1 » s'est poursuivie tout au long du mois de juillet par des rencontres, invitations, petits moments partagés avec délice… Qui venaient encadrer quelques venues sur Lyon surchauffé et quelques rendez-vous chez ce bon Léon (CQP) *

Anne, Gérard et Rocio sont repartis le lendemain non sans promettre de revenir profiter de quelques jours à la maison d'amis, et non sans me décider à entreprendre des travaux transformateurs de la maison. Ce changement, mûrement réfléchi semblerait répondre aux déceptions ultimes de certains acheteurs intéressés. Alors je me suis mise en action et maitrise d'œuvre.
Ainsi, le soir même, rencontre avec Robin et Christine, convenons avec l'entreprise de venir percer le mur entre le 1er étage et la mezzanine du bas, offrant ainsi une jonction interne entre les 2 parties.
Puis Rocio et Emma, venues quelques jours, ont démonté avec patience, force et brio, les étagères occupant le mur à percer… Et s'ensuivit vaillamment dans la foulée une de ces opérations de tris fabuleux, propres à cet été de révolutions : ainsi de ces dizaines de livres, et de ces cartons et caisses de trucs, machins, souvenirs, papiers, bibelots, décos etc.

J'ai utilisé tout cela il fût un temps mais aujourd'hui, beaucoup de ces objets sont devenus inutiles, voire superflus, dérisoires, mis là « au cas où », rangés pour faire souvenirs de moments importants…

Mais tout ce qui est important et vital emplit ma vie aujourd'hui et fait vibrer mon cœur au présent…
Non besoin de rappels qui encombrent les placards et la tête : faire le vide pour aller vers d'autres horizons me dit Jean-Louis.

Maçons, plaquiste, menuisier, électricien, mus par ma détermination ont, en une semaine, opéré cette ouverture de magnifique facture… Mon admiration pour le savoir-faire artisanal s'en est trouvée une fois de plus, nourrie ! Ces artisans qui ont « fait » la maison et dont plusieurs sont devenus de vrais amis que je quitterai avec peine… L'âme du Clos en est manifestement nourrie (référence à une réflexion d'un visiteur !) Et Jean-Michel est passé, Françoise m'a apporté des myrtilles du plateau, Claudette est venue partager de doux moments au Clos, et a rencontré Séverine lors d'un partage gustatif sur la terrasse. Et Anne-Marie est venue passer quelques jours, puis Rocio est revenue avec Suzel. Et toujours Thérèse, pas bien loin, si ce n'est en présence, au moins « kfé philo psy », et dans mon cœur.

Et chacun, chacune, est reparti du Clos avec un objet, un tissu, une bricole, un truc qui lui a fait plaisir et qui me donne la joie de voir mes affaires avoir une seconde vie. Donner ce qu'on a aimé aux amis a du sens, et donner le trop à ceux qui en ont besoin et leur sera utile, satisfait mes valeurs profondes.

Enfin, depuis dimanche dernier, Emilie, Damien, Mathilde, Victor, Albert et Octave habitent au Clos y déroulant des vacances familiales et intimes, y fabriquant des souvenirs pour mon plus grand plaisir. Je les retrouve ce soir…
Tous et tout, me portent à progresser vers plus de liberté intérieure, vraiment, et une maximisation des possibles. Je vous ai souhaité dans la missive 6 des détachements salutaires, des choix mesurés et sereins, des renoncements nécessaires et prometteurs, des partages riches et nourrissants.
Je suis heureuse que cet été m'ait également aidée à cela, malgré quelques petits problèmes logistiques, quelques soucis d'organisation, quelques épreuves caniculaires !… mais qu'est le matériel au fond ?

D'autant que rien ne semble bouger du côté de mon lieu de vie à la rentrée : espoirs, déceptions, emballements, rêves… La gestation d'un demain chantant est bien longue.
Mais seul le présent existe et je vais le savourer cette fin de mois, emmagasinant des bonnes sensations et de doux souvenirs pour le mois de septembre qui s'annonce un peu plus difficile …

A bientôt
Christine

« Savourer le jour, espérer pour demain ».

*C*o*mprenne Qui Pourra

Missive 8 … vers des lendemains … qui vont bien finir par chanter !

Lundi 9 novembre 2020

Espoirs, déceptions, emballements, rêves… La gestation d'un demain chantant s'avérait bien longue.
« Mais seul le présent existe et je vais le savourer en cette fin de mois, emmagasinant des bonnes sensations et de doux souvenirs pour le mois de septembre un peu plus difficile » … écrivais-je dans ma dernière missive.
Et septembre est passé, et opération reportée, octobre a filé, un doux automne a pointé son nez, puis s'est installé, en même temps qu'un méchant corona s'est réinvité, imposé, dans nos vies …
Et rien ne se passe comme prévu ni espéré ! Sauf les feuilles qui tombent, les petits matins de frimas, les jardinières de mon balcon où éclosent durement quelques dernières fleurs… l'immeuble d'en face a dépassé le plancher du 2ième étage, me masquant la vue des voisins d'en face, vous vous rappelez ? Ceux qui applaudissaient avec moi le soir à 20h… Et le ciel s'obscurcit d'un gris béton…

Alors, je me plais à disserter ici sur l'incertitude, car elle seule est certaine, tout en m'exerçant à y opposer impérativement un point positif, afin de rester debout et vivante ! (Souvenez-vous des petites perles du quotidien).
Ce ne sera pas des MAIS de restrictions mais des MAIS de joies.

Incertitude d'un climat social en déliquescence, des injustices criantes, des sortants de crise inégaux devant l'avenir ; MAIS des initiatives réjouissantes et des solidarités de voisinage poursuivies post confinement et qui hélas ne savaient pas faire leur pub et que les médias taisaient.

Incertitude devant l'avenir de ce virus dont on dit tout et son contraire, au fur et à mesure que l'on en apprend sur lui. Et chacun, là où il se trouve, le vit bien différemment. MAIS des convictions de tout faire pour se protéger et protéger les autres, précautions maximums, on ne sait jamais…

Incertitude en ce $2^{\text{ième}}$ confinement, quant au proche avenir, retrouver les gens qu'on aime… Si loin. MAIS si près par le cœur.

Incertitude pour ma part quant aux projets en cours, plutôt avancés, mais je ne crois désormais que ce que je décline au présent : vente du Clos des cerises encore sur le grill, MAIS vente de mon 30 m2 très bientôt, achat d'un beau et grand T3 dans le quartier.

Incertitudes, inquiétudes. MAIS espoir d'un changement de lieu de vie positif, après ces 3 années entre le Clos, ce cher Léon (Bérard), et mon T1 que je quitte pour tourner une page à la fois si douloureuse mais aussi heureuse de rencontres et de découvertes…

Incertitude quant au projet de mon chirurgien préféré, qui a remis encore l'opération de « réparation » prévue en septembre, 3 fois repoussée à cause du covid et des instructions hospitalières ! Mais il devrait pouvoir œuvrer en novembre… Des analyses positives et encourageantes, le K est toujours profondément endormi, verdict si opération le 20 ?… jeudi prochain… covid oblige.

Face à tous ces bouleversements, ces actualités anxiogènes, ces envies qui ne parviennent pas à prendre leur essor, je m'accroche à la plus petite certitude que je rencontre et aux grandes, seules rescapées des crises de moral épisodiques : les personnes que j'aime, un peu, beaucoup, passionnément ! Et celles qui m'entourent et me soutiennent dans les jours gris foncé.

Seul ce sentiment profond de n'être jamais tout à fait seule est une certitude absolue et non éphémère.

Et, j'aime cette réplique :
« Toi que prends-tu pour aller mieux ?... Je prends de la distance » répond-elle.
Et ce recul, je le prends chez Béa, en confinement partiel entre mes rendez-vous santé, et partagé sur les tâches ménagères et jardinières qui font tant de bien. Nous avons ensemble reconstitué un mini T1 dans une belle chambre qu'elle m'a dédiée, sans balcon mais avec grand jardin ! Je mesure ce que j'ai enduré au printemps en comparaison, et la chance d'avoir un coin de nature à travailler, à imaginer, à admirer, n'est-ce pas Béa ? Malgré tout, quel joyeux confinement, entre sœurs ! Et ma batterie, mon mini atelier peinture et ma guirlande lumineuse y sont mes repères joyeux, reconstituant un cadre rassurant et intime qui me porte.
Alors vous tous qui me lisez, accrochez vous malgré les vents et marées à ceux que vous aimez et qui vous aiment et surtout, surtout, dîtes le leur !

N'économisez jamais vos mots d'amour et d'affection, ils nourrissent tant ceux qui les donnent, autant que ceux qui les reçoivent, et sachons diffuser la bienveillance et l'accueillir, c'est si bon !

A bientôt :
Christine
« Savourer le jour, espérer pour demain »

Missive neuf, toute neuve …
Vers un demain chantant !

Dimanche 31 janvier 2021

Me revoilà, coucou tous mes lecteurs, amours, amis proches et lointains !
Depuis la missive 8 et son lot d'incertitudes voire d'angoisses, la vie plus forte que tous les sombres lendemains et les matins gris, reprend le dessus.
Si demain est toujours incertain, sans doute plus que jamais, et le passé récent terriblement difficile à traverser pour beaucoup d'entre vous que je connais et que j'aime… Accrochons-nous à aujourd'hui de façon à savourer coûte que coûte les petits moments de plaisirs, à créer par la volonté des instants de joie fugace, à engranger dans notre besace ! Pour y revenir s'en nourrir dans les jours gris foncé.
Quant à moi, je vous livre ici quelques nouvelles qui vous communiqueront, je l'espère si fort, une énergie de vie pour tout 2021 ! Ce sont là mes souhaits profonds.
Une convalescence au top chez Béa, des examens de contrôle et un rendez-vous avec mon chirurgien héroïsé, plein de bonnes nouvelles et de sereines perspectives… Une solidarité fraternelle et aimante qui m'a portée lors de mes angoisses devant ces murs qui se dressaient devant mes projets… Une entrée triomphale dans mon nouvel appartement grand et lumineux, avec un balcon de fou !... Un début d'emménagement de mes affaires reléguées dans un parking depuis des semaines … Une collaboration exemplaire et joyeuse de mes amis, amies et famille pour nettoyer, ranger, hisser, porter tout ça dans mon nouveau chez moi, moi-même étant peu opérationnelle

physiquement quoique parfaitement au top côté encouragements et affections.

Et soudain, à l'aube de l'an neuf, le Clos des cerises a trouvé, naturellement, extraordinairement, son acheteur ! Un coup de cœur absolu, une décision en 48h, une joie profonde pour moi qui peut désormais voir partir la maison de mes rêves, elle qui a tant vécu de belles choses, et je ressens cela sans regret, comme une transmission à quelqu'un qui manifestement va continuer à enrichir son âme…
A moi pendant les 3 mois qui viennent, de revisiter meubles, objets, souvenirs de passés proche et lointain, dans la maison, atelier, cave, jardin… et de ne garder que l'essentiel pour vivre à Lyon une nouvelle page de vie. Quel boulot ! Mais si libérateur.

Le couvre-feu resserre nos soirées de partages sur des après-midis, le confinement n'est pas loin, le virus nous guette. Mais ce matin, ici, maintenant, je vis, nous vivons ! Difficilement peut-être mais nous sommes vivants, avec ce privilège infini de pouvoir imaginer des demains chantants, un avenir possible car, s'il peut arriver en effet des malheurs, il peut tout aussi bien nous arriver bien des bonheurs !
Se repaître de l'écoute des bouleversements ambiants et des actualités anxiogènes, mine nos défenses et sape nos énergies. Mon actualité à moi est en moi, à côté de moi, avec les autres, en pensée et en lien avec vous tous, portée par la volonté de savourer chaque instant.

La raison profonde de tout cela, naturellement surgie mais aussi acquise par la volonté de reprendre confiance (est-ce cela la résilience ?) et les encouragements de mes

proches : j'ai frôlé 3 fois en 3 ans la perspective que tout s'arrête, l'instant qui pouvait être fatal, final…
Sentir dans ma chair, dans mon cœur et dans ma tête, la vie m'échapper, imaginer ne plus être là auprès de ceux que j'aime et qui m'aiment ?
Comme une évidence, je savoure alors tout ce qui vient désormais, comme un bonus !

Seul demain est incertain, j'accueille le présent et je le goûte pour rêver un demain chantant.

Gardons le lien entre nous, si vous le voulez bien… Il est en tout cas pour moi, bien précieux.
Donnez de vos nouvelles, et prenez surtout grand soin de vous et de vos proches !

A bientôt
Christine

« Savourer le jour, espérer pour demain »

EPILOGUE

J'ai dû et enfin pu dire adieu à mon « Clos des cerises » et je me suis enracinée dans le tissu urbain lyonnais. J'ai aménagé un appartement lumineux, vaste, aéré et j'y ai enfin une chambre d'amis où j'accueille avec bonheur.
Je me ressource à mes 2 grands balcons et découvre les merveilles créatrices de la nature en ville.

Cette période où j'étais confinée mais sans me sentir enfermée, solitaire, mais ensemble à distance, en résistance face au malaise ambiant… Et en résilience de mon cancer si ce n'est en guérison, a nourri de multiples partages.

Elle m'a emportée dans les multiples ailleurs de mes rêves intérieurs et m'a permis de juguler mes projets sans perdre l'espoir. Elle me fait goûter à ce jour une joie de vivre à nulle autre pareille

Le passé est révolu, on ne peut le réinventer. L'avenir est incertain, dans le mauvais comme dans le bon ! Il n'y a que le présent qui compte, savourons le à chaque instant.

Cultivons notre imaginaire pour des lendemains qui chantent et nourrissons notre énergie de vie à la pensée de tous ceux que nous aimons.

Et, avec la volonté d'un printemps qui revient toujours, prenons grand soin de bien poser notre regard sur toutes ces ***petites perles de rosée quotidiennes*** qui nous donnent confiance en demain.

Je remercie chaleureusement

Mon amie Anne pour sa bienveillance et son attention dans la relecture orthographique et syntaxique du manuscrit… Et à qui je dois l'idée du titre de cet ouvrage !

Ma fille Marie-Julie pour sa curiosité affectueuse et consciencieuse dans la relecture du manuscrit sur le fond et la compréhension, en tant que « lectrice test ».

Mon amie Thérèse, du « kfé-philo-psy » ! Pour sa bienveillance amicale et ses conseils affectueux, elle qui me connaît si bien…

Ma famille et mes amis proches qui m'ont encouragée à faire éditer mes lettres quotidiennes du confinement.

A mes 1ers lecteurs de ces lettres, dès mars 2020… Parmi eux, à tous ceux et celles que mes écrits ont stimulés, réjouis, distrait, permis de « tenir » pendant ce confinement, et qui m'ont fait partager leur joie de me lire chaque jour.

Enfin à tous ceux qui ont réagi, et apporté en particulier des contributions, ils sont cités dans le livre et se reconnaîtront :
Anne A. Anne P Annette Anne-Marie Aude Béatrice Brigitte B Brigitte G Catherine Chantal D. Chantal M. Chantale Christine Claudette Corinne Dany Elise Evelyne Françoise Jean-François Jean-Louis Jean-Michel Jean-Paul Jérôme Juliette Marc Marie-Annick Marie-Claude Marie-Danielle Marie-Dominique Marie-France Marie-Françoise Mathieu Matthieu Nathalie Philippe Rocio Séverine Séverine L. Sylviane Thérèse Véronique.

CLIN D'ŒIL FINAL

De « rattrapage orthographique »

A mon Amie Anne qui, en bon professeur de français a souhaité me faire corriger de majuscules en minuscules la première lettre de tous ces mots essentiels pour moi !

Je voulais pourtant les honorer ainsi, amplifier leur voix, tant ils représentent mes valeurs profondes.

Je prends ma revanche ici et vous cite TOUS ces mots fétiches cités dans le livre avec minuscule et auxquels je restitue leur Majuscule en cette fin de manuscrit.

Ils résument mes propos et viennent parfaire le Sens profond de mon livre, je les partage avec vous ici :

Amis Amitié Amour Elan Espoir Essentiel Famille Joie Lien Lumière Merle Nature Platane Présent Printemps Rencontres Sens Vie Vivant …

… Comme un cadeau vers vous, chères lectrices et chers lecteurs, pour des LENDEMAINS que je vous souhaite CHANTANTS !

Achevé d'imprimer par Corlet Numérique - 14110 Condé-sur-Noireau
N° d'Imprimeur :178049 - Octobre 2022 - Imprimé en France